わたしの機体の整備を引き受ける自信がないのか？
帰んな
頭のおかしい姉ちゃんに用はねえよ
言ったはずだ
わたしはお願いしているわけではないと

クラッシュ・ブレイズ

大峡谷のパピヨン

茅田砂胡
Sunako Kayata

C★NOVELS Fantasia

口絵
挿画　鈴木理華
DTP　ハンズ・ミケ

1

天使たちを連邦大学に送り届けると、《パラス・アテナ》にはまったりした空気が漂《ただよ》った。

それは長い間の緊張から解放され、ぽっかり穴の開いた虚脱感にも似ていた。

このけだるさは夫婦に共通するものだったらしい。

ケリーもジャスミンも期せずして同じことを考え、口に出したのである。

「ちょっと遠出をしたいと思わないか、女王？」

「わたしも今そう言おうと思っていたところなのさ。気が合うじゃないか」

「そりゃあ夫婦は一心同体っていうからな」

言葉はふざけていても、ケリーは本気だった。

考えてみれば、ずいぶん長く外宇宙に出ていない。

ケリーはもともと宇宙生活者だ。長いこと地上に張りついていると息が詰まりそうになってしまう。

最近の《パラス・アテナ》は何も活動を停止していたわけではない。それどころか全回転《フル》でずいぶん型破りな航海をしていたはずだが、ケリーのような男にはそれでもまだもの足らないのだ。

誰も知らない世界へ。

誰も見たことのない宇宙へ。

若い頃はそうした衝動に半ば突き動かされる形で、人が近寄ろうとしない宇宙を好んで飛んでいたが、ジャスミンと結婚してからはそうはいかなくなった。

クーア財閥の副総帥として山ほどの務めに追われ、さらにジャスミンが眠った後は最高位の総帥として、共和宇宙でもっとも多忙な日々が続いていた。

だが、未知の宇宙に対する渇望を抱いていたのは総帥時代のジャスミンも同様である。

なぜなら彼女の父親も宇宙生活者だった。

ジャスミンが生まれた頃には放浪を辞めて財閥の

初代総帥となっていたマックス・クーアだが、心は最後まで未知の宇宙に恋い焦《こ》がれていた。

たとえ見知らぬ世界に危険が待っていたとしても、彼のような人間には足踏みする理由にならない。

安全ではないからこそなおさら惹《ひ》かれる。

そこに何があるのか、他の誰より先に自分の眼で確かめてみたくなる。

その血が間違いなくジャスミンにも流れている。

冒険心という一言で片づけてしまうのは簡単だが、決して軽はずみなものではない。

彼らを突き動かす衝動は彼ら自身が生きるために必要不可欠なものだった。

巨大財閥の総帥ともなれば勝手は許されないから、ケリーもジャスミンも周囲の状況や立場を踏まえて行動するようにしていた。（当時の部下たちからは異論が出るかもしれないが）二人とも自分の衝動や欲求を抑えられるくらいには大人だったのである。

それでも時折、無性に広大な宇宙を見たくなった。

比べれば、今は二人を制約するものは何もない。

何の因果か巨大財閥の総帥などに押し上げられて身動きが取れなかった頃が嘘《うそ》のように自由だ。

今なら自分の好きな時、好きなところへ、好きな手段で行くことができる。

まだ見ぬ遥《はる》かな宇宙を思い、夫婦がすっかりその気になっていると、ダイアナが控えめに言い出した。

「申し訳ないんだけど、差し迫った予定がないなら、休暇申請をしたいんだけど……いいかしら？」

感応頭脳が休暇をくれという。

ふざけた話だが、今まで何度もあったことなので、ケリーは真顔で問い返した。

「今度は何だ？」

「いろいろいじるつもり。クーア・テクノロジーに前からちょっと気になっていた研究室があってね。彼らが今度発表した論文がなかなか興味深いのよ。あれを一足先に自分の身体で試してみたいの」

ジャスミンが不思議そうに首を傾げた。

「しかし、性能向上なら、駆動系も含めてあちこち改造したばかりじゃなかったか？」

指摘されたダイアナは内線画面から身を乗り出す勢いで訴えてきた。

「油断は禁物よ。ジャスミン。宇宙船の性能は日進月歩の勢いで進歩しているんですからね。だいたいこんなものは美容と一緒よ。日々の手入れを怠《おこた》るとあっという間に衰えるのよ」

「妙なたとえをするもんだ……」

呆《あき》れて言ったジャスミンだが、ダイアナにとって他の宇宙船に何であれ性能で劣るという事態は到底容認できるものではないのだろう。

ケリーはそんなダイアナの心理をよく知っていた。

それがダイアナの至上命題であることもわかっていたので、あっさり別行動を快諾《かいだく》した。

「俺としても自分の相棒には、いつでもぴかぴかの美人でいて欲しいからな。外見はもちろん中身もだ。今度はどのくらい掛かる？」

「とりあえず二週間というところかしらね」

「いいだろう。おまえが戻ってくるまで一人寂《さび》しく宇宙を飛んでることにするさ」

「わたしを置いていく気か、海賊？」

赤い髪の女王が凄《すご》みの籠《こ》もった笑顔で迫る。

ケリーはあっさり両手を上げて降参した。

「ダイアンがいないとなると用心棒は必要だからな。あんたが赤いのと一緒に来てくれれば非常に助かる。

——行き先はどこにする？」

言われて考え込んでしまったジャスミンだった。

どこへ行きたいという希望は特にない。

ただ、中央銀河から遠く離れた場所であればいい。

その気持ちはケリーも恐らく同じはずだったが、ここで無視できない問題が生じた。

「船はどうする？　《パラス・アテナ》が使えない以上、遠出は難しいんじゃないか」

ケリーは船乗りだ。ダイアナが休暇中であっても他の誰かが操縦する船に乗るのは気乗りしない。

クーア総帥時代はその違和感に我慢していたが、それもこれも《クーア・キングダム》が当時、共和宇宙で最高の性能を誇る船だったからだ。

加えて《クーア・キングダム》が宇宙に出る時は《パラス・アテナ》は常に護衛としてケリーの傍《そば》に付き添っていた。

そうした事情を抜きにしても、現行船で辺境までいくにはかなりの時間が掛かる。

二人の希望は人の気配のない宙域だが、現行船で使用されているショウ駆動機関《ドライヴ》を駆使してそこまで飛ぶとなると、最低でも一ヶ月は見越す必要がある。

普通の操縦者であれば、この行程を何の疑問にも思わないだろうが、ケリーには焦《じ》れったい話だった。

なぜなら彼はもっと速い移動手段を知っている。

今では使われなくなった《門《ゲート》》を跳躍すれば、ショウ駆動機関《ドライヴ》が一ヶ月掛かって進む距離を一瞬で稼ぐことができる。

問題は《門《ゲート》》の跳躍範囲が限られること、何より、《門《ゲート》》の跳躍に必要な重力波エンジンを搭載している宇宙船——それも賃貸《レンタル》の船など、今となっては貴重品だということだ。

運良く見つかったとしても今度は現行船と違って、自由跳躍ができないという欠点がある。

そうした問題はケリーにも充分わかっていた。

休暇を申請した当のダイアナもこんな提案をした。

「先に行き先を決めたらどうかしら？　そうすれば自動的に跳ぶ《門《ゲート》》も決まるでしょう。わたしがその《門《ゲート》》の先にある星まであなたたちを送るわ。そこで現行船に乗り換えればいいじゃない」

「最悪の場合はそうするしかないだろうが……」

考え込みながらケリーは言った。

「久しぶりに他の船を操縦してみたい気もするな」

「まあ、浮気する気なの？」

感応頭脳が眼の色を変えて抗議すれば、操縦者は悠然《ゆうぜん》と言い返した。

「いけないか？　たまには別の船をいじってみれば、

あらためておまえの良さがわかるじゃねえか」

「そういうことなら納得するわ」

ダイアナはたちまち機嫌を直してにっこり微笑《ほほえ》み、ジャスミンは苦笑を嚙《か》み殺した。

「海賊。おまえな。今のは口八丁手八丁の典型的な浮気男の言い分だぞ」

「それもこれも旧型の賃貸船があればの話だ」

だめでもともとと思いながら検索を掛けてみると、意外にもいくつか該当があった。

特定航路を有するマースの賃貸宇宙船会社が数件、重力波エンジン搭載の船を扱っていたのである。

一隻ずつ船の仕様や状態を照会するケリーの横で、ジャスミンが呆れたように言ったものだ。

「やはり、どれもかなりの骨董品《こっとうひん》だな」

「なあに、旧式の分、つくりはしっかりしたもんだ。跳躍さえできればいいんだから贅沢《ぜいたく》は言わねえよ」

投げやりなようだが、ケリーを本当の意味で満足させられる船は共和宇宙でたった一隻、《パラス・アテナ》だけだ。

その自分の船が使えない以上、どんな宇宙船でも同じだと割り切っているのだろう。

そんな夫にジャスミンは苦笑して言ったものだ。

「一番いいのはダイアナが戻ってくるのを待つことなんだろうが……」

「あんたはそれでいいのか？」

「よくない。思い立ったら何とやらというからな。二週間も待たされたら気が萎える」

「そういうことさ」

二人とも、こう見えても軽挙とは無縁の人間だが、一度走り出した心は止められない。

久しぶりに見知らぬ外宇宙へ出たいという欲求のほうが強かったのだ。

何隻かの候補の中でケリーが選んだのは九七〇年製造の三万トン級船《カペラ》。

去年までマースの航宙学校で教習に使われていた船である。

学校の規定で船齢二十年を越えた船は教習用には使えないが、手入れがいいのでまだまだ働ける。

そこで賃貸に回されたというわけだ。

《カペラ》を《門《ゲート》》まで運ぶ貨物船を手配すると、二人はようやく行き先を検討した。

自由跳躍のできない旧型船で《門《ゲート》》を跳ぶ以上、一回の跳躍でなるべく距離を稼ぎたい。

しかし、人跡未踏の宙域では意味がない。

跳躍後、比較的短い通常航行で居住可能型惑星に辿《たど》り着ける宙域でなくてはならないのだ。

厳しい条件にジャスミンは首を捻《ひね》った。

「そんなに都合のいい《門《ゲート》》があるのか？」

ケリーは笑って答えた。

「結構あるんだな、それが」

だからこそショウ駆動機関《ドライヴ》がない頃も、しつこく追い回してくる連邦軍から逃げることができたのだ。

ケリーが選んだ《門《ゲート》》はマースから八十光年。

もちろん、世に知られていない《門《ゲート》》である。


ここを跳ぶと、中央座標《セントラル》から九千六百光年離れたエルナト宙域に出るというケリーの説明を聞いて、ジャスミンは呆れて言ったものだ。

「一度の跳躍で九千六百光年？ ベッカリアといい、これといい、おまえいったい共和宇宙にどれだけの跳躍網を持ってるんだ？」

「昔の話だ。《門《ゲート》》の利点は一度見つけたら滅多に位置が変わったり消滅したりしないところだからな。この突出点から通常航行で二日進むと、居住可能型惑星ブラケリマに着ける」

ジャスミンの眼がきらりと光った。

「機械産業の星だな？」

惑星ブラケリマは、ジャスミンが知っている頃は中央座標《セントラル》から十数回に亘《わた》る跳躍を繰り返し、最後に門突出《ゲート・アウト》した《門《ゲート》》から十五日間もの通常航行の末、ようやく辿り着ける星だった。

一瞬で距離を稼げる《門《ゲート》》航法の最大の弱点は《門《ゲート》》があまりにも不安定なことである。

その弱点を少しでも克服するために《駅《ステーション》》が設置されていた当時でも、これだけ通過点が多いと、『通行止め』になることもしょっちゅうだった。

ショウ駆動機関《ドライヴ》が一般的になった今ではまっすぐ行けるが、それでも決して近い道のりではない。

一般的な貨物船の足だと中央座標《セントラル》を出発してからブラケリマに到着するまで実に四十八日掛かる。

かなりの僻地《へきち》には違いないのだ。

そんなブラケリマで機械産業が盛んとは意外だが、もちろん、世に氾濫《はんらん》する大量生産品をつくっているわけではない。

そうした分野では中央に絶大な市場占有率《シェア》を誇るクーア財閥や、マース・エストリアなどの大企業と勝負になるわけがないからだ。

ブラケリマが得意とするのは手工業とも言うべき完全数量限定品であり、顧客の注文に応じて初めて製作に取りかかる高級機械製品である。

その辺の事情はジャスミンも知っていた。

何か思い出す顔になって呟《つぶや》いた。

「ブラケリマの小型機ならクインビーをつくる前、参考にしようと思って注文したことがある」

「乗り心地はどうだった？」

ケリーが尋ねるとジャスミンは肩をすくめた。

「わたしには向いていないと思った。確かに出力《パワー》はとてつもなく出るんだが……信頼性がな」

「飛んでる最中に推進機関が止まりでもしたか？」

「馬鹿言え。わたしがそんなへまをすると思うか？　飛ばしたものなら何が何でも降ろしてみせるとも。——ただ、恐ろしく扱いにくい機体だったんだ」

これにはケリーが眼を見張った。

話を聞いていたダイアナでさえ驚いた。

「変ね。あなたは共和宇宙で一番扱いにくい機体に乗っているはずなんだけど？」

「同感だ。あの赤いの以上にひねくれてるって？」

口調も揃《そろ》った二人の意見に、ジャスミンは大いに心外の表情で反論した。

「失敬だな。クインビーはひねくれてなどいないぞ。わたしの操縦にちゃんと応えてくれるからな」

「そこがもう普通じゃないってわかってるか？」

「こんな異常な感応頭脳と長年組んでいる船乗りに言われる覚えはない」

ダイアナが映っている内線を見ながら断言して、ジャスミンは皮肉な口調で続けた。

「ブラケリマの小型機はたとえて言うなら、骨細《ほねぼそ》で色白の良家のお嬢さんに鋼鉄の鎧《よろい》を着せてジェット噴射の靴《くつ》を履《は》かせて踊らせているような代物なんだ。繊細《デリケート》で脆弱《ぜいじゃく》で機嫌を取るのが難しくて、そのくせ動力《パワー》だけは操縦次第で化け物並みに出るときている。そこがたまらないと燃える男が大勢いるのはわかる。気むずかしいお嬢さんを自分の技倆で乗りこなして満足する、ないしは興奮するんだろうが、わたしの好みじゃない。細心の注意を払って壊れものを扱うように相手をしてやらないと、飛行中でもたちまち拗《す》ねて動かなくなるんだからな。試しに浮かせてはみたものの、その時点でしまったと思った。一口に言えばわたしとは徹底的に肌が合わないんだ」

ケリーはほとほと感心して言った。

「あんたの乱暴な扱いに耐えられる市販の小型機はどこを探しても存在しないってことだな」

「多少荒っぽいのは認めるが、乱暴に飛ばしているつもりはないぞ。その証拠に軍用機時代はあんなにはらはらさせられた覚えは一度もない」

軍用機を市販品と言いきる神経も普通ではないが、ブラケリマで船を乗り換えることにはジャスミンも反対しなかった。

「外洋型宇宙船となれば、いくら何でもあんな釣り合いの悪いお嬢さんはつくらないだろうからな」

「そうあってくれることを祈るぜ」

引き渡された《カペラ》をそのまま大型貨物船に収容すると、ジャスミンが貨物船の操縦を担当した。

ケリーには及ばなくてもジャスミンも標準以上の技術で宇宙船を操縦することができる。

《パラス・アテナ》と大型貨物船は足並みを揃えてショウ駆動機関《ドライヴ》を作動させ、エルナト宙域へと続く《門》《ゲート》の傍まで跳躍した。

当面の食料や生活必需品を《カペラ》に移し替え、《カペラ》の格納庫にクインビーを収容する。

この機体を置いていくわけにはいかない。

ブラケリマでどんな船が手に入るにせよ、性能も安全面も《パラス・アテナ》より著《いちじる》しく劣るのははっきりしている。その汎用船で外宇宙に出ようというのだから、ケリーが用心棒が必要だと言うのはあながち冗談でもないのだ。

ジャスミンは最後に大型貨物船を自動操縦に切り替えると、《門》《ゲート》周辺を周回する軌道を取らせた。

「すまないが、わたしが戻ってくるまでこの辺りをぐるぐる回っていてくれ」

「了解・しました」

ダイアナとは比べものにならない、たどたどしい声が応えてくる。

ケリーとジャスミンが《カペラ》に乗り移るのを見届けて《パラス・アテナ》は船首を返した。

「じゃあ、二週間後にな」

離れていく自分の船にケリーが声を掛けてやると、ダイアナも笑いながら返してきた。

「あなたたちに追いつく時間があるから、実際にはもう少しかかるでしょうけど、楽しみに待っていてちょうだい」

《パラス・アテナ》がショウ駆動機関《ドライヴ》を作動させて跳躍するのを見届けると、ケリーは《カペラ》との同調に取りかかった。

眼の前にある《門》《ゲート》は安定度数八十五。

跳躍は不可能と感応頭脳が判断する数値である。

事実、《カペラ》はその通りのことを告げたが、ケリーは慣れた様子で感応頭脳を手懐けに掛かった。

人間を守ることを至上命題として与えられている感応頭脳は、危険と判断した《門》《ゲート》など跳ぼうとはしない。決して承認を出さない。

こうなったら操縦者は《門《ゲート》》の状態がよくなるのをひたすら待つしかないのだが、ケリーは違う。

尻込みする感応頭脳をいともたやすく説得して、跳躍に向かわせてしまうのだ。

動物使いという職業がある。

この仕事は『動物と心を通わせる』という才能が絶対に必要である。

問題は、その才能は運動能力のように誰の眼にも見えるものではないということだ。

それどころか筆記試験の成績のように数字で表すこともできない。

訓練次第で誰もが身につけられるものかと言えば、これまた答えは『否』だ。

いわば極めて不確かな要素だが、それでも実際に動物を扱わせてみれば、この才能を持っている人と持たない人との差は歴然としている。

ケリーもそれと似たようなものだとジャスミンは思っていた。動物使いならぬ感応頭脳使いである。


「おまえは跳躍に失敗したら乗員が死ぬと判断して承認を出さないでいるんだろうが、それは間違いだ。俺は今まで数え切れないほど《門《ゲート》》を跳んできた。その経験から言うが、こんな数値は俺には危険でも何でもない。賭けてもいいぜ。俺は間違いなくこの《門《ゲート》》を跳べる。もちろん誰も死んだりしねえよ。保証する」

こんな軟派な言い分のどこに説得力があるのか、どの辺が危険ではないと判断する材料になるのか、不思議でならないのだが、《カペラ》の感応頭脳はしばらく沈黙した後、前言を撤回したのだ。

「了解・しました。《門《ゲート》》に・向かいます」

副操縦席で見ていたジャスミンはほとほと呆れて言ったものだ。

「相変わらず見事なまでに鮮やかな誑《たら》しだな……」

「褒《ほ》めてるつもりか、それで？」

苦笑しながらケリーが言い返す。

ジャスミンがしきりと感心する『誑し能力』など

ケリーは自分で意識したことはない。

第一、騙《だま》しているつもりはない。

跳べる《門《ゲート》》だからそう言っているだけだ。

今回も自分で言った通り、あっさりと安定度数に満たない《門《ゲート》》を跳躍した。

瞬間、景色が変わる。

マースの近所だった宙域から一転、中央座標《セントラル》から遥か遠く離れた宇宙が二人の眼の前に現れる。

ここから《ブラケリマ》までは二日の道のりだ。

軌道を定めて自動操縦に切り替え、二人は居間に引き上げて食事を摂ることにした。

元は生徒のための教習船とあって、三万トン級の賃貸船にしては設備は整っている。

いつも調理を担当しているダイアナがいないので献立《こんだて》は見事に非常食だが、味は悪くない。

ついでに言うと、この二人が食べるとなると量も半端ではない。

冷めないうちにとせっせと料理を片づけながら、ジャスミンはケリーに尋ねた。

「ダイアナはどこへ跳んだんだ？」

「知らねえよ。一度も訊《き》いたことがないからな」

ある程度、予測していた答えではある。

「自分でふらっとどこかへ跳んで船体改造や調整をすませてひょっこり戻ってくるって？」

「ああ、おかげでこっちは楽でいい」

「そういう問題か？」

疑問に満ちたジャスミンの口調も当然だった。

船乗りは普通、自分の船の性能に関しては誰より把握しているものだ。性能向上や改良を加える際もどの部分を新しくしたか、どんな能力を付加したか、船長が知らないなどということはあり得ない。

「それでよく操縦に支障を来《きた》さないな」

四十年前もそうだった。

ダイアナが自己改良に熱心だったのとは対照的に、ケリーは相棒のやることに関与しないという方針を取っていたが、今ではショウ駆動機関《ドライヴ》という新しい技術が一般的となっている。

これは使い方次第では専門の機関士が必要となる繊細《せんさい》な装置なのに、ダイアナはその管理や調整まで自分で行ってしまう。

確かに、時には違う船を操縦して苦労する必要があるかもしれないと、ジャスミンは真剣に考えた。

この男に限ってと思うが、あまりに有能な相棒に慣れてしまって《パラス・アテナ》以外の船を扱えなくなるようでは困る。

ケリーはそんな妻の心配など知る由《よし》もないらしく、楽しそうに話していた。

「戻ってくれば、あいつは自己申告するぜ。どこをどんなふうに変えたのか、以前と比べてどのくらい能力が向上したか、微に入り細に渡って報告するし、俺が納得するまで確かめさせる。ただ、改造前には言おうとしないんだよ」

「何か意味があるのかな?」

ケリーはますます楽しそうに喉《のど》の奥で笑った。

「俺はそれこそ女心の為せる業《わざ》じゃないかと思っているがね。たいていの女は化粧するところを男には見せたがらないもんだ。その後でドレスアップした自分を披露《ひろう》して驚かせたいんじゃないか」

「ほほう?」

からかうような眼で夫を見たジャスミンだった。

「では、わたしも時々は着飾るべきかな?」

「いらねえよ。そんなことをしなくてもあんたには驚かされっぱなしだ」

ケリーが笑いながら言った時だ。

耳障りな警報が鳴り響き、感情のない感応頭脳の声が告げたのである。

「十万トン級と・推測される船が・接近してきます。所属不明。こちらの呼びかけに・応答・しません」

ケリーが居間を飛び出した。

ジャスミンも遅れず後に続いた。

二人が操縦室に駆け込んだ時には、探知機がその船の航跡を捉えていた。

巡航速度を遥かに超える速度の船が一隻。

故意か偶然か、このまま進むと数分後には見事に《カペラ》と衝突する軌道を取って突っ込んでくる。

公海（公的宙域）で船と船とが探知できる距離に接近した場合、両者は速やかに自分の身元を相手に知らせなくてはならない義務がある。

普通は形式的な通信文を送ってすませるものだが、ケリーは音声通信で怒鳴《どな》った。

「こちらはマース船籍《カペラ》！　貴船の所属と行き先を明らかにされたし！」

反応はない。

航路を変える気配もない。

ジャスミンが唸《うな》るように言った。

「——事故か？　抜き打ちの船体検査か？」

確かに船内に異常が発生して応えられないでいる可能性も、領海付近を警備するブラケリマの巡視船という可能性もあるが、ケリーは厳しい顔だった。

ブラケリマの領海はまだ遥か先だ。何より国家の巡視船なら何も言ってこないのはおかしい。

ケリーは無言で《カペラ》の速度を上げた。

とたん謎の船も加速する。

「不審船に・エネルギー反応を・感知しました」

感応頭脳に指摘されるより先に、ケリーは咄嗟《とっさ》に舵《かじ》を切っていた。

一瞬でも遅れたら手遅れだっただろう。

不審船からの砲撃は《カペラ》の船体ぎりぎりをかすめて宇宙に長い航跡を残したのである。

突然の砲撃にケリーもジャスミンも絶句したが、二人が真っ先に感じたのは危機感ではない。

呆気《あっけ》にとられたというのが正しい。

「馬鹿な！」

「正真正銘の宇宙海賊のお出ましらしいが——気は確かかよ！」

ケリーが叫んだのも当然だった。

この船は豪華客船でもなければ貨物船でもない。

獲物にする値打ちがないのだ。

ジャスミンも赤い髪を逆立てて怒鳴る。

「獲物の見定めもできないとはどこの田舎《いなか》海賊だ！ 探知機が故障しているならさっさと直さないか！」

「それこそ問題が違うぜ、女王！」

だが、ジャスミンの言い分にも一理ある。

本物の海賊がなぜこんな何の変哲もない民間船を襲うのかまったくわからないが、相手は間違いなく《カペラ》に狙いを定めて攻撃してくる。

惜しげもなく振る舞ってくる砲撃のエネルギーは少なくとも十二センチ砲クラスの威力がある。

《カペラ》の外装強度でこんなものを食らったら、一巻の終わりだ。

ジャスミンが憤然《ふんぜん》と言った。

「わたしが出るまで持ちこたえろ！」

《カペラ》の格納庫には彼女の愛機が収まっている。

あれさえ外に持ち出せれば海賊船の一隻や二隻、あっという間に海の藻屑《もくず》にしてやれる。

操縦室を飛び出そうとしたジャスミンだったが、ケリーが叫んだ。

「何かに掴《つか》まれ！」

ほとんど無意識にジャスミンは操縦室の扉を掴み、次の瞬間、《カペラ》は縦横が逆になるほど大胆に船体を捻っていた。

「うわっ！」

片手で身体を支えたジャスミンの足が宙に浮く。

次に逆方向に振り回され、さすがにたまりかねてジャスミンの大きな身体が操縦室内に落下した。

「海賊！」

「悪いがこれ以上お上品には飛ばしてやれないぜ！ 命あっての物種だ！」

ケリーは滅多にないほど必死で船を操っていたが、追っ手はみるみる距離を詰めてくる。

それも当然だった。ケリーが今操縦しているのは彼の分身ともいうべき《パラス・アテナ》ではない。

もともと教習船の《カペラ》はこんな曲芸じみた動きを強いられたことなどないのだろう。操縦室の計器も船体もこぞって悲鳴を上げている。

「巡航・速度を維持して・ください」

感情のない声が告げる台詞《せりふ》は間抜けに聞こえるが、それはジャスミンが言いたいことでもあった。

船内はまさしく暴風雨の中に放り出されたような有様である。どんなに優れた身体能力の持ち主でも、これでは通路を駆けることは不可能だ。

ならば這《は》ってでも格納庫まで行ってやるとばかり、ジャスミンは再び操縦室の扉に飛びつこうとしたが、何とその扉が眼の前で閉ざされ、施錠《せじょう》されたのだ。

「着席・願います。本船は・攻撃を受けています。船内の移動は・危険です」

人間の命を守ることを至上命題に与えられている《カペラ》には当然の処置だったのかもしれないが、ありがた迷惑とはこのことだ。

ジャスミンは怒髪天《どはつてん》を衝《つ》いて吠えた。

「この大馬鹿者が！　破壊されたくなければここを開けろ！」


ケリーもまた歯ぎしりしながら唸っていた。

攻撃能力のない《カペラ》で海賊船と勝負になるわけがない。《門《ゲート》》に逃げるしか助かる道はないが、こんな極限状態ではいかな詛しの名人といえども、跳躍を了承させられる自信がない。

「相棒のありがたみがしみじみわかるぜ！」

追っ手は依然として砲撃を止めない。

停船勧告もしてこない。

未だに直撃を食らわず回避し続けていられるのは一にも二にも卓越した操船技術の為せる業だったが、ケリーは背筋に冷たいものを感じていた。

脅《おど》しに屈したふりをしてわざと足を止めることを考えなかったわけではない。

クインビーを発進させる猶予《ゆうよ》さえ稼げれば、後はジャスミンがきれいに片づけてくれるからだ。

わかっていてやらなかった理由は二つある。

たとえ借り物だろうと自分が操縦する船をわざと撃たせるのは船乗りとして業腹《ごうはら》だったのが一つ。

もう一つは不気味な違和感を感じたからだ。

海賊なら——少なくともケリーの知る海賊なら、船を襲うのは積み荷が目当てだ。この《カペラ》を何と勘違いしたか知らないが、獲物を木っ端微塵《こばみじん》にするような真似は普通の海賊はしない。威力の弱い砲撃で足を止めて、接近してあらためて推進機関を破壊した上で獲物をいただき、悠々と逃げる。

それが定石なのに、この砲撃は強力過ぎる。

この相手はどうやら、最初からこちらを生かして捉える気がないらしいとケリーは感じていた。

停船しても砲撃が止む保証はどこにもない。

逆に動かなくなったところを格好の的とばかりに狙い撃ちされるかもしれない。

それでは到底止まるわけにはいかなかった。

しかし、元教習船《カペラ》の足では限界がある。

ケリーの本能が激しい焦燥《しょうそう》を訴える。

回避行動も限界だと警鐘を鳴らしている。

今までの余波とは違う強烈な衝撃が船体を襲った。

「ちぃっ！」

ジャスミンが船内検知器を見て叫ぶ。

「直撃は避けたぞ！　かすっただけだ！」

「時間の問題だがな！」

《門》《ゲート》はまだ遠い。

最後の最後まで諦《あきら》めるつもりはないが、ケリーは自分の置かれた状況を摑めないほど愚かでもない。

ここまでかという思いが脳裏をよぎる。

ダイアナと別れ別れのこんなところで死ぬのかと——無様な死に様だと自嘲の笑いを洩らした時。

突然砲撃が止んだ。

猛追撃してきた海賊船がその速度を維持したまま、急に方向転換して離れていったのだ。

呆気にとられたケリーは船乗りの習性で反射的に探知機を見た。

ジャスミンも同じ行動を取った。

もちろん《カペラ》もそれを指摘した。

「別の船が・接近してきます」

ただし、こちらのほうが圧倒的に足が速い。

どうやら海賊船はこの船を警戒して逃げたらしい。

助かったと察したケリーは思わず安堵《あんど》の息を吐き、通信機に手を伸ばした。

どう考えてもこの船に一言礼を言わねばならない場面だったからだ。

すると、向こうから先に呼びかけてきた。

「所属不明船に継ぐ。こちらはブラケリマ軍国境警備隊所属アダマス級駆逐艦《ブルーノ》。わたしは艦長のマルコ・サディーニ大佐だ。減速を要求する。船籍・船名および目的地を明らかにされたし」

ケリーはさっきとは別の意味で盛大な息を吐くと、何とも言えない苦笑を浮かべた。

「命拾いしたぜ……」

元海賊としてはいささか情けない台詞ではあるが、この時ばかりは本気でありがたかった。

2

サディーニ大佐は表情の険《けわ》しい痩《や》せた男だった。

事務的な挨拶《あいさつ》の口調も恐ろしく居丈高《いたけだか》で、露骨《ろこつ》に睨《にら》みつけるような視線を向けてくる。

話し始めてすぐにケリーは不快感さえ感じた。

軍人に愛想笑いを求めるのはとんだ筋違いだが、ここまで感じの悪いのも珍しい。

助けてもらった礼を言ってもにこりともしないし、船籍と行き先を聞くと、への字に引き結ばれた唇《くちびる》がますます険しさを増した。

「妙な話だな。マースからブラケリマを目指すなら、この宙域は大幅に航路から外れている」

「さっきの船に追い回されたせいさ。この辺りじゃあんな海賊が幅を利かせてるのか？」

こんな何の変哲もない民間船を襲うなんてどこに眼をつけているんだとケリーは盛大にぼやいたが、大佐はいっかな表情を緩めようとしなかった。

「何の変哲もない三万トン級の民間船で、武装した海賊船の追撃から何十時間も逃げられるはずはない。追われていた時間は正確にどのくらいなのか？」

ケリーは肩をすくめた。

「船内時間で十七分だ」

「では、やはり貴船は航路から完全に外れた宙域を航行していたことになる」

「あんたが何を言いたいか俺には見当もつかないが、あれが海賊船ならどうして追わないんだ？」

「既に他の艦に連絡済だ」

そうまでして《ブルーノ》は《カペラ》の傍《そば》から離れようとしない。

お世辞にも友好的とは言えない大佐の態度を見る限り、単なる被害者の事情聴取とも思えない。

「答えてもらおう。ブラケリマを目指す貴船がなぜ航路とはまったく逆の宙域を航行していたのか？」

　再び肩をすくめたケリーだった。

　痛くもない腹を探られるのは面倒なので、ここは正直に言うことにした。

「マースからまっすぐ来たわけじゃないんでね」

　大佐はどうやらその答えを予期していたらしい。

　鋭く眼を光らせて確認してきた。

「やはりあの《門》《ゲート》を跳んできたんだな？」

「いけないか？　国際宇宙法では突入点も突出点も公海上にある《門》《ゲート》は誰のものでもないぜ」

　黙って跳んだからって一国の国境警備隊に文句を言われる覚えはないが、大佐の考えは違ったらしい。

「では、我々はこれから貴船の臨検を行う」

「はあ？」

　予想外の言葉にケリーは眼を丸くした。

「ここは公海だろう？　ブラケリマの国境警備隊にそんな権限があるのかよ」

「行き先はブラケリマだと貴船が断言したからには我々にはその権限が生じる」

「そいつは横暴って言わないか？」

　どこまでものほほんとしたケリーに対し、大佐も対抗するように鼻で笑っている。

「クーア船長。最近ブラケリマでは密輸が横行している。我々は当局の要請で警戒を強化していたのだ。《門》《ゲート》を跳べる船乗りは最近では少なくなったが、まったくいないわけではないからな」

　やっと事情が呑み込めた。

　サディーニ大佐はケリーを密輸業者ではないかと怪しんでいるわけだ。

　必然的に《カペラ》には密輸品が満載されている疑いが濃厚であると言いたいのだろうが、ケリーはますます眼を丸くして言い返した。

「こんなちっぽけな船で何を密輸するって？」

「それは我々が判断することだ。貴船が法を犯している覚えがないというなら臨検を受けられるはずだ。拒否するなら公務執行妨害と見なして正式に貴船を拿捕《だほ》した上、ブラケリマへ曳航《えいこう》する」

密輸業者を震え上がらせるつもりで言ったのなら完全な逆効果だった。

ケリーは小さく吹き出し、値踏みするような眼でサディーニ大佐を見たのである。

「大佐。あんたが何を言おうと、ここは公海なんだ。他国籍の船を臨検する権限は《ブルーノ》にはない。俺みたいな民間人にそんないちゃもんをつけなきゃならないほど密輸ってのは深刻なのかもしれないが、これはあんまり利口なやり方じゃないぜ。勇ましく乗り込んで来て何も見つからなかったとなれば——事実この船に密輸品なんか積んでないのは俺が一番よく知ってることだが——そうなればあんた一人の不始末じゃすまない。ブラケリマ国境警備隊全体の失態になるぜ。一国の警備隊がこんな海賊まがいの暴挙に出たとなれば見過ごすわけにいかないからな。告げ口は好きじゃないが、俺も善良な船乗りとして義務は果たさなきゃならん。いやでも当局に連絡せざるを得ないだろうよ。あんた、そんなに連邦運輸局から訓告を受けたいのか？」

密輸業者が天敵と言うべき連邦運輸局に自分から関わり合いたがるはずはない。

サディーニ大佐もその事実は知っていた。

密かに舌打ちしたが、このふてぶてしい若い男が怪しく見えるのは確かなので、なお詰問した。

「では、なぜわざわざ《門《ゲート》》を跳んできた？」

「俺の趣味だ」

きっぱり断言したケリーだが、この答えを聞いた大佐はますます心象を悪くしたらしい。

「理解に苦しむ話だな。船乗りなら《門《ゲート》》の危険性は誰もが承知していることだぞ。好きこのんでそんな真似をするとは信じがたい」

「何が危険かは人によって違うんだ。俺が跳んだ時、数値は八十五だった。それなら俺には危険じゃない。八十五以上なら好きな時に跳べるからな」

ジャスミンが笑いを噛《か》み殺すような咎《とが》めるような、

何とも複雑な眼をケリーに向けている。

五十以下でも平気な顔で跳んでしまうくせに、と言いたかったのだろうが、今そんなことを言ったら話がややこしくなるだけだ。黙っていた。

サディーニ大佐も、この男は密輸業者というより冒険を好む種類の人間というほうがしっくりすると見方を変え、口調も少しあらためて話し掛けた。

「クーア船長。どうやら我々の間には多少の齟齬《そご》があるようだ。《門《ゲート》》を使った密輸はブラケリマでは深刻な社会問題となっている。我々としては疑いのあるものを入国させるわけにはいかないのだ」

「最初から入国する予定はない。この旧型船じゃあ《門《ゲート》》は跳べても外宇宙へ出る足がないんでね。ブラケリマで別の船を借りてとっとと出て行くよ」

「格納庫の中身も移し替えてかね？」

「そりゃそうさ」

「では、その積み替え作業に我々が立ち合うのも、今この場で船内を調べるのも同じことだと思うが、違うかね？」

「もちろんだとも。俺も善良な一市民として協力を惜しむつもりはない。密輸船だなんて疑われるのも大いに心外だからな。ただし、何もしていないのに国家権力に威《おど》されるのは不愉快なのさ」

「…………」

「従ってこの場合、あんたが言うべき台詞《せりふ》としては『我々に従え』ではなく『協力してもらいたい』というのがふさわしいと思うが、大佐のご意見は？」

にやりと笑ったケリーに対し、サディーニ大佐は顔色一つ変えずに言ってのけた。

「もっともな話だ。我々としては貴船の事情聴取と船内調査を行いたいので、ぜひ協力してほしい」

「いいとも。快く承諾《しょうだく》するぜ」

通信を切った両船は連結のために速度を同調させ、接近を開始した。

みるみる大きくなる《ブルーノ》の姿を見ながら、ジャスミンは夫に訊《き》いた。

「いいのか？」

ケリーも接近する《ブルーノ》をじっと見つめて、冷静な口調で言った。

「この辺が妥協点だろう。国家権力と喧嘩《けんか》するのは利口なやり方じゃない。忌々《いまいま》しいが、彼らに助けてもらったのも確かだしな」

ジャスミンも頷《うなず》いた。

確かにこの状況ではそれが最善である。

《ブルーノ》は《カペラ》の至近距離に迫っている。しかも、その砲がどこを向いているかは明らかだ。少しでも妙な素振りを見せたらただちに攻撃してくるに違いない。

連結橋を伸ばす前に、サディーニ大佐は基本的な質問をしてきた。

「貴船の乗員は何名だ？」

「俺と女房のジャスミンだけだ」

さすがに大佐も驚いたらしい。乗員が二人きりということにではない。三万トン級の外洋型宇宙船は基本的に一人でも動かせるからだ。

「ケリー・クーア船長の妻がジャスミン・クーア？まさか本名ではあるまい」

「誰に話してもそれを言われなかったことはないが、俺も女房もれっきとした本名だよ」

半信半疑で《カペラ》に乗り込んだ大佐は実際にジャスミンの姿を見て二度驚いた。

サディーニ大佐は身長約百七十六センチ。

ジャスミンはそれより十五センチも背が高い。

ケリーに至っては完全に大佐を見下ろしている。

乗り込んできたのはもちろん大佐だけではない。

武装した海兵隊員が大挙して押し寄せて片端から船内を捜索したが、何も出るはずがない。

《カペラ》の積み荷といえば、搭載艇とクインビー、そのクインビーの整備に必要な機材だけである。

ジャスミンは海兵隊とともに格納庫に向かったが、赤い戦闘機を見た隊員の間にはなぜか緊張が走った。

報告を受けて、大佐も操縦室から駆けつけると、再び視線を険しくしてケリーを振り返った。

「これは何だ？」

「見ての通りの戦闘機だ」

答えたのはジャスミンだった。

大佐が訝《いぶか》しそうな眼でジャスミンを見る。

説明を求める眼をケリーに向けたが、笑って肩をすくめたケリーの態度に戸惑ったように眉《まゆ》をひそめ、あらためて意外の眼をジャスミンに向けた。

「搭乗者は奥さんか？」

「そうだ」

「この機体が搭載しているのは……二十センチ砲のように見えるが？」

「そのとおりだ」

桁外《けたはず》れに背の高い船長夫人は悠然《ゆうぜん》としたものだが、大佐の心境は穏やかではない。

三万トン級の格納庫に収まるような小型機が何故こんな大砲を抱えているのか。

大佐はこれを実用品とは考えなかった。まともに撃てるはずがないからだ。どんな理由か知らないが、一時的に小型機に運ばせているだけだと判断したが——それにしても怪しい、怪しすぎる。

「貴船は民間船のはずだが、なぜ戦闘機を？」

「民間船だからだ。外宇宙は物騒だからな。これを持ち出せれば、さっきの海賊船などあっという間に片づけてやれたんだが……」

思い出すのも忌々しいという表情のジャスミンに、大佐はわざと事務的に言った。

「武装した小型艇をブラケリマに持ち込むためには事前の許可が必要だということはご存じかな？」

「この機体を地上に降ろすつもりはない。軌道上の宇宙港で積み替えてすぐ出て行く予定だ。それでも違反になるのか？」

「峡谷競走《キャニオンレース》に出すために持ってきたとしたら立派な違反だぞ」

耳慣れない言葉を突きつけられて、ジャスミンとケリーは思わず声を揃《そろ》えて問い返した。

「何だって？」

二人とも本当に何を言われたかわからなかったが、大佐はそうは思わなかったらしい。

故意にか無意識なのか、呆《あき》れ顔で言ったものだ。

「ずいぶん奇妙な話だ。仮にもエルナト宙域を跳ぶ船乗りがブラケリマの峡谷競走《キャニオンレース》を知らないとは」

ケリーとジャスミンは顔を見合わせた。

そこは夫婦だ。互いの表情を見ればこれも初耳であったことがすぐにわかる。

「決めつけられても困るな。俺たちがブラケリマを行き先に選んだのはただの偶然だ。地元でどれだけ有名か知らんが、中央の人間にはあんまり知名度の高い競技とは言えないぜ」

四十年眠っていたジャスミンはともかくケリーも知らないとなれば、確かに知名度は低いのだろうが、大佐は納得していなかった。

「どうやら、この機体について詳しく訊かなければならないようだな。非常識にも《門《ゲート》》を跳んできた船が、よりにもよって戦闘機を積んでいたとなると、偶然ですませることはできん」

「この男の非常識などいつものことだぞ」

他人には決して理解できない理由を宣言すると、ジャスミンは圧倒的な長身で相手に迫った。

「サディーニ大佐。貴官が我々に疑いを抱いたのはわかるが、その理由が理解できない。詳しい説明を要求する。わたしの愛機と貴官のいう競走とやらに何の関係がある？」

今までも『女らしい』とは言えない口調だったが、明らかな軍人口調で話し出したジャスミンに大佐はちょっと眼を見張った。知らないはずはないという疑惑の顔は変わらなかったが、二人の無言の訴えに応じて話してくれた。

「有重力飛行機を使った低空競走はブラケリマでは盛んに行われている競技だ」

「低空だって？」

「有重力というと……大気圏内限定機《エアプレイン》なのか？」

「そうだ。地域によって水上や砂漠など飛ぶ場所は様々だが、その中でもトゥールプ大陸のフィンレイ渓谷《けいこく》で開催されるものは峡谷競走《キャニオンレース》と呼ばれて絶大な人気を誇っている」

フィンレイ渓谷はその長さ優に三千キロメートル。峡谷の深さは浅いところでは二百メートルだが、深いところでは二千メートルに達するという。

それでいて谷幅は狭い。もっとも狭いところでは三百メートルしかない。

飛行禁止区域に指定されてもおかしくない危険な場所だが、峡谷競走《キャニオンレース》は文字通り単座の飛行機でこの谷間を時速数百キロの高速で飛ぶ競走だという。

飛行機の種類は重量級から軽量級まで様々あるが、規格は厳密に決まっている。さらにこの低空競走に使われる機体の特色として、航空管制用の頭脳には最低限の機能しか持たせていない。

障害物を探知する能力は高いが、危険認知能力はかなり低く設定されている。激突の危険が迫っても警告を発する程度だという。

こんな規格外の飛行機を駆使して事故を起こさず、速く飛ぶには操縦者の熟練した技倆が不可欠となる。

まさに腕と度胸がものを言う競技なのだ。

この競走に参加する操縦者は命知らずでなくては到底務まらないと大佐は説明したが、ジャスミンは不思議そうに首を捻《ひね》っていた。

「そのくらい余裕で飛べると思うが……」

素人《しろうと》の気楽な意見に大佐は冷笑した。

「実際に飛んでみればそんな台詞は言えなくなる。腕のいい操縦者でも岩盤に機体をかすめることなど日常茶飯事だし、もっと過激な、管制頭脳非搭載の機体を使って競われる競走《レース》すらあるんだ」

ますます好みだ——とジャスミンは言い掛けたが、ケリーがそれを遮《さえぎ》る形で口を挟んだ。

「間違っても乗りたくない代物だな。なんでそんな物騒な旧型機の競走が盛んなんだ？」

「金が動くからだ」

フィンレイ渓谷ではこの競走は週に二日開催され、飛距離も階級も違うレースが一日十回ほど行われる。

一度の競走につき十機から二十機ほどが参加《エントリー》し、観客はどの機が一着かを予想して投票券を購入し、的中者には配当金が支払われる仕組みだという。

そこまで聞いて二人とも納得した。

要するに政府公認の一種のギャンブル娯楽なのだ。

エルナト宙域の船乗りの間で有名というからには星系外からも投票券が買えることになる。

賭博《とばく》に興味はないが、どんな競技なのかちょっと見てみたいものだと二人が同じことを考えていると、大佐はクインビーを示して言った。

「今も言ったように、この競走は出力や機体性能で様々な階級に分けられているんだが、最重量級《クラス》はちょうどこの機体ほどの大きさになる」

ジャスミンが初めて驚きを露《あら》わにした。

宇宙を飛ぶ無重力対応機にしても大気圏内だけを飛ぶ有重力限定飛行機にしても機動力が命である。

クインビーは普通の戦闘機にはあり得ない性能を持たせた結果、桁外れに大型になってしまい、その弱点をジャスミンの腕で補っているのだが、普通の単座の飛行機はもっと小さいはずだ。

「大気圏内型でこの寸法？　大きすぎないか」

「速力と安全性を強化するとそういうことになる。最重量級ともなると音速に近い速度を出すからな」

ジャスミンは楽しげに顔をほころばせた。

「それで深さ二千メートル、幅三百メートルの峡谷を飛ぶのか？　なるほど、非常に危険だな」

口調と表情をもう少し一致させろと、ケリーは内心文句を言ったが、大佐は気づかなかったらしい。

呑み込みの悪い素人に根気よく言い聞かせた。

「だから最初からそう言っている」

峡谷競走に出場するための条件は二つ。

搭乗する操縦者は百パーセント生身であること。

出場艇は推進機関や機体、管制頭脳はもちろん、どんな小さな部品に至るまで、すべてブラケリマで製造されたものを使うことだ。

ジャスミンは呆れたように言った。

「だったらこの機は関係ないだろう?　ブラケリマ製でないことは明らかなんだから」

「ところが、そうはいかない」

大佐は難しい顔でゆっくり首を振った。

「峡谷競走《キャニオンレース》には莫大《ばくだい》な金が動く。当局も厳しく眼を光らせているが、残念ながら、これまでにも何度か不正が発見されている」

「当然だろうな」

どんなに厳しく取り締まっても、大きな賭博には八百長《やおちょう》がつきものだ。

市民の関心が高いだけにブラケリマの競走事業は異様なほど厳しい検査体制を整えているという。

一つの競走に参加する機体は同等の性能のものが用意される。競走前にはその都度検査を受け、推進機関の製造年度、部品の疲労度まで調べられる。

「同じ能力の推進機関と機体、同形式の管制頭脳を使って初めて整備担当者の技術と操縦者の腕という要素で成績が左右されるのだからな。出走配備前に規格外のものが紛《まぎ》れ込む余地はないと断言できる。不正をやるとしたら配備された後の整備時しかない。整備士が外部と接触することは禁じられているが、どこの格納庫もこの時は戦場のような慌ただしさだからな。部品の一部を外国製品と取り替える手段が一般的なんだ」

ケリーが首を傾げた。

「どうして外国製なんだ?　ブラケリマの技術力が外国製品に比べて劣るとは思えないが……」

大佐はますます苦い顔になった。

「我が国の技術者は自国製品に誇りを持っている。自国製品には非常な愛着と興味を示すんだが、外国製品は軽んじている。言い換えれば、外国製品なら検査《チェック》が行き届かないという利点があるんだ」

自国至上主義もそこまでいけば立派なものだが、不正を働く連中はその心理を逆手にとって、あの手この手で八百長を仕組んで来るという。

「実際にあった例では座席を固定する部品だった。一見、何の変哲もない合金製の骨組《フレーム》だが、整備士が密かにすり替えた骨組の中には超小型化した機体制御システムがぎっしり詰まっていた。そのままでは何の役にも立たないが、出走直前に整備士が神業《かみわざ》のような手際の良さでシステムを管制頭脳に接続し、首尾よく一着を取らせたわけだ」

これには二人とも呆れるより感心してしまった。

「そんな手法でよくばれなかったな？」

「出走前には検査しないのか？」

「もちろん機体ごと画像走査《スキャン》する。この時は骨組に画像走査避けの素材を張り巡らせてあった。内部が見えないように——ただの骨組に見えるようにな」

「よくやるもんだ」

「まったく。そんな反則の小道具をつくるのだって楽じゃないだろうに……」

「そのとおりだ。発覚すればブラケリマでは厳罰に処せられる行為だが、見返りも大きい。予想配当《オッズ》が百倍の出場者を意図的に勝たせれば、たった一日で巨万の富を得ることができるんだからな」

国民のほとんどが熱狂する人気の高い娯楽だけに、この問題は競走協会のみならず、ブラケリマ政府にとっても頭の痛いところらしい。

近年では外国製品に対する税関も厳しさを増しているというが、結局は鼬《いたち》ごっこだ。取り締まりが強化されればすり抜けるほうは新たな手口を考える。

サディーニ大佐はつややかな赤い機体に眼をやり、皮肉に笑った。

「八百長の小道具をどうやって国内に持ち込むか？連中は最近、部品だけでは税関で注目されることを学んだらしい。部品だと思われないような完成品を丸ごと持ち込む手段を考えついた。搭載艇として、もしくは戦闘機として税関を通過させた後、必要な部分だけを抜き取って残りは捨てればいい」

ジャスミンの顔から表情が消えた。

並みの男より大きな両手がぐっと握り拳《こぶし》をつくる。

ゆっくり進み出ると、大佐の頭上から押し殺した声を浴びせかけた。

「この機体はわたしの愛機だ。分身のようなものだ。貴官はそれを『部品取り《パーツ》』呼ばわりする気か？」

「女王、よせ」

ケリーが止めた。

一国の軍人に手を挙げるのはあまりにまずい。とは言え、ジャスミンの怒りももっともなので、大佐に向けるケリーの眼差しは冷ややかだった。

「大佐。言葉には気をつけてもらいたい。あんたはどうなんだ。《ブルーノ》は部品取りのための艦に過ぎないと言われて平気なのか？」

冷静な中にも非難の籠《こ》もった口調に大佐は初めて苦笑を浮かべた。

軍帽の庇《ひさし》に軽く手をやって謝意を示した。

「もちろん自艦に愛着はあるが、わたしは軍人だ。配置転換とともに艦を乗り換えるのも軍人の宿命だ。奥さんほどの思い入れは持たないようにしている」

ケリーはそれでも追及を緩めなかった。

「あんたは言ったな。武装した小型艇を降ろすには許可がいると。俺たちが密輸を企んでいたとしたらこの機にこんな大砲は持たせないはずだぞ」

「わかっている。こちらの事情は既に説明したとおりだ。クーア船長。これはわたしからのお願いだ。あくまで事務的な手続きだと理解してもらいたい。国境警備隊としては、この機体を検査せずに領海に通すことはできないのだ。密輸品でないとわかればもちろんすぐにお返しする」

ジャスミンは拳を緩めて大きな息を吐いた。

「大佐。わたしも夫同様、善良な市民として協力を惜しむつもりはない。この機体を一時的にそちらに預けることも——どうしてもというなら了承しよう。ただし、解体は許可できない」

「それはできない相談だ。詳しい内部構造の他にもどんな部品を使っているのかを調べるには解体する必要がある。心配しなくてもブラケリマ税関の管理官は皆優秀な整備技師だ。傷つけたりしないことは保証するし、調査が終われば元通りに組み上げる。丸ごと整備するようなものだから、今よりも却《かえ》って状態はよくなるかもしれないぞ」

「それはどうかな？」

皮肉な口調のジャスミンだった。

「失礼だが、わたしはそちらの技術者にこの機体を解体できるとは思っていない。当然、元の姿に組み上げることもできないはずだ」

これは聞き捨てならない。ブラケリマの整備工は中央にも負けない技術力を誇っている。

その辺のことをわからせせようとした大佐を遮って、ジャスミンはさらにたたみかけた。

「ブラケリマの実力を軽んじるつもりはない。だが、この機体の製造は九四七年だ。その当時でさえ他のどんな機体とも互換性がなかった。正式な設計図も残っていない。これでどうやって解体する？」

さすがに大佐も驚いたらしい。

四十年以上前の製造となれば立派な骨董品《こっとうひん》である。古い機械を愛好する人は大勢いる。特に車や小型飛行機はそうだ。何十年も昔の型《もの》を何度も修理して大事に使う人は珍しくないが、戦闘機となると話はまったく別になってくる。

その名の通り戦闘能力が重視されるものなのに、現行機に比べて遥《はる》かに性能の劣る骨董品を使ったりするのは大仰な言い方をすれば命に関わる。

設計図がないという話も驚きだった。

そんなに昔の型で図面もないとなれば、腕利きのブラケリマの技術者でも手こずるのは間違いない。

「しかし、それでは日常の整備はどうしている？」

「わたしがやっている。幸い、この機を知っている前任者に直に教えてもらったから不自由はない」

「製造元は？」

「当時のクーア重工業部門だが、あれからずいぶん編成が変わったからな」

今となっては製造元を特定することもできないとジャスミンは言ったが、大佐は首を振った。

「クーア製なら設計図がないはずはない。あそこは創設当時から全製品の資料と部品を保管している。四十年前どころか百年前の製造でも詳細な設計図が残っているはずだ」

「市販品ならその通りだろうが、これは一機だけの特注品だ。その証拠に機番号も入っていない」

ジャスミンは誇らしげに深紅の機体を見つめると、打ってかわって厳しい眼で大佐を見下ろした。

「勝手にばらして復元に失敗したなどと言ってみろ。わたしはいかなる補償にも応じない。妥協もしない。その時はありとあらゆる手段を使って貴官の責任を追及してやる。もちろんブラケリマ政府の横暴もだ。どうしても解体すると言うなら階級章を外す覚悟でやってもらおう」

静かな炎を燃やしているジャスミンをなだめつつ、ケリーも言葉を添えた。

「大佐。そもそも部品取りに使うなら、ばらすのが惜しくなるような高価な機体は避けるだろう」

「いや、そうとも言いきれない。検査官も当然そう考えるだろうという心理を逆手にとって驚くほどの高級機種を使った例もあるんだ」

「ものには限度があるぜ。こいつは金を払えば手に入るって種類の代物じゃない。ショウ駆動機関《ドライヴ》こそ積んでないが、こんなに小さくても永久内燃機関を搭載している、れっきとした外洋型宇宙船なんだ」

これにはサディーニ大佐も仰天した。

愕然《がくぜん》として深紅の戦闘機を見上げた。

「永久内燃機関《クーア・システム》⁉　ばかな！　この寸法で！」

「それこそ画像走査《スキャン》してみればすぐにわかることだ。この大砲にしてもそうさ。あんたは単なるお飾りと考えているのかもしれないが、立派に作動するぜ」

今度こそ絶句した大佐だった。

こんな小型機でこんな大砲を撃ったら、どんなに優秀なシステムを積んでいても機体は制御を失って吹っ飛ばされてしまう。最悪の場合は空中分解だ。

「俺も女房の意見に賛成だ。ブラケリマの整備士がどれだけ優秀でもこの機体をばらすことはできない。下手《へた》にばらせば二度と復元できない。仮にも一国の沿岸警備隊が旅行者の私物を、それも博物館級《クラス》の高価な財産を故意に壊したなんて事態になったら、こいつはちょっとばかり問題だと思うぜ」

ここまでくると、大佐にもこの二人が当たり前の旅行者ではなさそうだと呑み込めている。

間違っても一般市民とは思えないが、かといって密輸業者の胡散《うさん》臭さは感じない。

それでも大佐は沿岸警備隊の艦長だ。印象だけで義務を怠《おこた》ることは許されない立場の人間だ。

その義務感に突き動かされて、あえて形式張った態度で話をまとめた。

「とにかく、ひとまずこちらで預からせてもらおう。詳しいことはそれからだ」

「そうは言っても《ブルーノ》の格納庫にこの機を収容する余裕はないだろう」

「もちろんだ。領海内の宇宙港に収容する」

どのみち《カペラ》もブラケリマへ行くのだから、二隻の船はそこまで並んで飛ぶことになった。

大佐が海兵隊員を引き連れて《ブルーノ》に引き上げた後、ケリーはジャスミンに訊いてみた。

「赤いのの中身を人に見られてもいいのか？」

「仕方がないだろう。あんな事情を聞いたからには画像走査《スキャン》くらいは許してやる必要がある」

「あんたはそれでいいのかって訊いてるんだぜ」

思わせぶりな口調に、ジャスミンは不思議そうに夫を見つめた。

「何が言いたい？」

「違ったか？　ダイアンの秘密主義とは少し違うが、俺も恋人の裸《はだか》を人に見せたいとは思わないんでな」

ジャスミンは今度こそ眼を丸くして苦笑した。

ケリーにとっての《パラス・アテナ》のように、ジャスミンにとってもクインビーは特別だ。

　素人にいじくりまわされて平気かと訊かれれば、正直なところあまり穏やかではない。

　だからといって、何が何でも隠し通さなくてはと必死になるようなことでもない。

「確かにな。あまり気持ちのいいものではないが、そのくらいは譲歩してやらないと大佐も納得しないだろう。幸い、クインビーはダイアナと違って照れ屋でも恥ずかしがり屋でもないからな」

　ダイアナはもともと大国の軍事機密だった。

　ケリーでさえ詳しいつくりを知らないが、今でもその内部には見られたら困るものが満載のはずだ。

　クインビーは違う。多少規格外だとしても既存の技術でつくられている。

　半ば自分を納得させるようにそんなことを言ったジャスミンだったが、顔は笑っていた。

「あれをつくった当時でさえ、部外者は一人残らず絶叫したんだ。覗《のぞ》いてみたところであの内部構造が理解できるはずもない。税関の管理官にもせいぜい悶絶《もんぜつ》してもらうさ」

　ケリーも同感の笑いを洩らした。

　《カペラ》は《ブルーノ》に先導されて航行を続け、四十六時間後、惑星ブラケリマ軌道上に設置された国際宇宙港《アルマンド》に到着した。

　ここはブラケリマの宇宙港の中でもっとも大きな施設である。いわば表玄関だ。

　ジャスミンとケリーと《カペラ》は入国手続きを済ませたが、クインビーはしばらく足止めである。

《アルマンド》の操作官《オペレーター》は移動用の人員を寄越すと言ってきたが、ケリーは困ったように答えた。

「……そちらの人間にあの機を動かすのは無理だと思うが、どうしてもそうしたいというならどうぞ」

　まだ若い操作官《オペレーター》は訝しげな顔になった。

「千トン級の小型機という報告を受けていますが、その機には操縦者登録機能があるのですか？」

「いいや」

「では、こちらから人を派遣しますので、担当者に引き渡してください」

　自走するものなら搭乗して動かすのが基本だし、格納庫から発進させて《アルマンド》の税関倉庫に収納し直すくらい操縦者《パイロット》なら誰でもできる。

　やってきたパイロットは中年のベテランだった。

　ケリーは船体の修理をする手筈《てはず》を整えていたので、ジャスミンが格納庫まで案内した。

　そのベテランパイロットは見たことのない機種に大いに興味を示しながら操縦席に乗り込んだ。

《パラス・アテナ》の場合、操縦席にケリー以外の人間を座らせることを、ケリーもダイアナもひどく嫌っているが、ジャスミンにはそうした抵抗はない。

　むしろ他の操縦者が自分の愛機をどう判断するか興味深げに見守っていた。

　初めてクインビーが組み上げられた時、クーアのテストパイロットはこれを動かすことはできないと一人残らず悲鳴を上げたが、今もそうだった。

　操縦席のパイロットはすぐに困惑して首を傾げた。

　しきりと何やら探す動作をしていたが、諦《あきら》めて、足下で見守っていたジャスミンに話し掛けてきた。

「奥さん。すみませんが、感応頭脳との同調端末はどこにありますか？」

　仮にも熟練の操縦者としてこんなことを訊くのは癪《しゃく》に障るが、闇雲にいじくり回すよりましである。

「どこだろうな？　わたしも見たことはない」

　クインビーの操縦席に座った男は苦笑した。

「冗談を言ってないで教えてくださいよ。この機はかなり特殊な配列《レイアウト》になってる。初めての人間にはどこに端末があるかわからないんです」

　ジャスミンも気の毒そうな顔で苦笑した。

「わからなくて当然だ。同調端末《そんなもの》はないんだから」

　操縦者は眼を丸くした。

「つまり、この機体は実用品ではないんですか？」

「とんでもない。毎日のように飛ばしているとも」

　ベテランパイロットは完全に困惑の表情になって、持参の端末で基地と連絡を取った。

やってきたのはサディーニ大佐である。

操縦者の態度を見て、大佐はジャスミンが機体の引き渡しを渋っていると思ったのだろう。

やんわりと説得する口調で言ったものだ。

「奥さんの機体は当局が責任もってお預かりするし、調査が済み次第お返しする。それは固くお約束する。自分の愛機を人手に委《ゆだ》ねたくないというお気持ちはお察しするが、あまり強情を張ると、調査の妨害をしていると見なされかねないぞ」

ジャスミンは肩をすくめて、大いに心外の様子を示した。

「わたしは全面的にそちらに協力しているし、質問にも答えている。同調端末はどこかと訊かれたから、ないと言っただけだ」

そんなはずはないと呆れて訴えようとした大佐にジャスミンはたたみかけた。

「端末はなくて当然なんだ。この機体は感応頭脳を搭載していないんだから」

気の毒にサディーニ大佐は厳格な軍人らしからぬ、非常な間抜け顔を晒《さら》す羽目になった。

現代人なら当たり前の反応だった。誰に話してもこの瞬間は開いた口が塞《ふさ》がらなくなる。

やっとのことで気を取り直すと、大佐は恐ろしく剣呑《けんのん》な目つきでジャスミンに迫った。

「ご主人はこの機を外洋型宇宙船だと言ったはずだ。あの言葉は嘘《うそ》だったのか？」

「これまた心外だな。夫は嘘など言っていないぞ。この機体は四十年前の製造だからショウ駆動機関《ドライヴ》は積んでいないが、重力波エンジンを搭載している。つまり跳躍能力がある。現在の規格には合わないが、立派に外洋型宇宙船と言えるはずだ」

大佐の顔はますます奇妙な具合に歪んでしまった。

クインビーの操縦席に乗り込んだ男に至っては、あまりのことに腰を抜かしたらしい。

「……この小さな機に……重力波エンジン？」

ジャスミンは笑って頷いた。

「今となってはやろうと思ってもできないだろうな。当時のクーアの技術集団が脳味噌を絞りに絞っても通常の方法ではどうにもならなかった。苦心の末に安全性をとことん犠牲にする最後の手段を選択して、やっとのことで詰め込んだ代物だ」

パイロットが再び悲鳴を上げる。

「感応頭脳がないのに——重力波エンジン⁉」

「そんな……馬鹿な！」

どう考えてもあり得ない。これ以上聞いていたら気が狂うと言わんばかりの二人だった。

「そこまで驚かなくてもいいだろう。ブラケリマの峡谷競走《キャニオンレース》では管制頭脳のない機体も使われていると、大佐ご自身が言ったんだぞ」

それはあくまでも大気圏内限定機《エアプレイン》の話だ！　と、喉《のど》まで出かかったに違いないが、大佐は堪《こら》えた。

修理の手配を済ませたケリーが格納庫に現れた。

一目見ただけでどういう状況か理解したのだろう。眼を白黒させている大佐に向かって気の毒そうに話しかけたのである。

「聞いての通り、この機は女房そっくりの非常識の塊《かたまり》だ。他の人間には物騒なだけの代物なんだが、女房には乗り心地がいいらしくてな」

「もちろん。最高だ」

「加えて宇宙にたった一台しかない。こんなものを密輸の道具に使う馬鹿はいないだろうよ」

「わたしとしてもそんな不名誉な疑いは一刻も早く払拭したい。調べるなら早くしてもらいたい」

もっともな話である。

大佐はどうにか立ち直ると、まだ話の通じそうなケリーに船を移動させるように頼んだ。

《カペラ》は今《アルマンド》の桟橋《さんばし》に係留された状態で、宇宙空間に浮かんでいる。

積み荷が自走しない以上、《カペラ》ごと税関に着けるしかないというのだが、ケリーは首を振った。

「そいつは困るな。俺は早いとこ修理に向かいたい。第一、そんな必要はないだろう。こういう時は積み荷だけ動かすのが定石のはずだぜ」

「こんなものを動かせるわけがないだろう！」

「そういうことは実際に確認してから言うんだな」

ケリーが言えば、ジャスミンも愛機に歩み寄って操縦席を見上げて声を掛けた。

「では、動かせることを証明しよう。どいてくれ」

パイロットはあたふたと操縦席から降りた。転がり落ちるような勢いだった。

永久内燃機関《クーア・システム》と重力波エンジンを搭載しながら、感応頭脳を持たない。そんなものは『乗り物』とは言わない。制御の利かない単なる怪物だ。

自分がとんでもなく危険なものの上に座っていたことに気づいて、冷や汗さえ浮かべていた。

代わりにひらりと操縦席に収まったジャスミンは慣れた手つきで始動操作に入ったのである。

「格納庫を出てくれ。発進する」

あまりにも平然とした態度に、大佐は思わず声を上げていた。

「まさか逃げるつもりではないだろうな？」

「動かせるわけがないと言いながら逃げるのかとは、矛盾《むじゅん》した発言だぞ、大佐」

自分の場所に収まったジャスミンは余裕で笑って、ケリーに眼をやった。

「その男が人質だ。もしわたしが逃げたら煮るなり焼くなり好きにしろ」

「ひでえなあ……」

ケリーはわざと眼を丸くした。

「俺は時々、本当に女房に愛されてるのかどうか、不安になるぜ」

盛大にぼやきながらも笑いを噛み殺している。

三人が格納庫から出て、《カペラ》の格納庫扉が開く。赤い機体は優雅な動きでふわりと舞い上がり、宇宙空間にすべり出た。

「聞こえるか。《アルマンド》。《カペラ》の積み荷を税関に通す。進入路を指示してくれ」

「こちら《アルマンド》。了解。着地を誘導します。

自動着陸装置を作動させてください」

「無駄だ。この機は自動着陸に対応していない」

「何ですって？」

「そちらの誘導波には同調できないと言ったんだ。着地点を指示してくれればいい」

「自動着陸装置の故障ですか？　では、こちらから係留索《アンカー・ビーム》を出します」

「申し訳ないが、それも無駄だ。この機体は通常の係留索では捕捉できない」

管制室がざわっとどよめいた。

それはつまり、管制室からはこの機に対して何の働きかけもできないということだ。

通常、小型機を収容する時は進路に乗せた段階で操縦者の仕事は終わりだ。後は何もしなくていい。

そこから先は管制の仕事だ。

正確に言えば自動着陸誘導装置の役目だ。機体を捉え、姿勢を整え、着地点に正確に導くものである。

それが今、管制側は何もできない。

沈着冷静を旨とする管制官は理性を総動員させて、この緊急事態に備えたのである。

「進入を中止、そのまま待機してください」

緊迫感に満ちた相手の声を聞いて、ジャスミンは狭い操縦席で嘆息した。

「やれやれ……」

考えてみれば《クーア・キングダム》《パラス・アテナ》以外のところに——人の大勢いるところにクインビーで降りるのは初めてかもしれない。

ジャスミンを知っている人たちなら彼女が手動できれいに着地することを知っているから、こんなに騒いだりしないのだが、《アルマンド》の管制官はクインビーに『重大な事故』が起きたと思っている。

制御不能に陥《おちい》った千トンの塊が突っ込んでくると思っている。

何としても無事に降ろさなくては大惨事になると警戒しているのだ。

「そこまでびくつかなくてもいいだろうに……」

この独り言はもちろん管制には聞こえない。

次の指示が来るまでずいぶん時間が掛かった。

後でわかったことだが、大型船を出して収容するべきだという意見が大勢を占めていたらしい。

しかし、船の手配がすぐには着かなかったことと、《アルマンド》にはこうした事故に対応する設備があったことから着地させる方針に決まったのだ。

ジャスミンが待ちくたびれた頃、ようやく新たな指示が来た。

着地に失敗して機体が炎上しても最小限の被害で抑えられる万全の態勢を整えているからと強調し、別の格納庫に向かうように指示してきたのだが、

「我々が全力であなたを支援《サポート》します」

「必ず降ろしてみせますから、まずは何とか自力で進入路に向かってください。できますか？」

というのである。

明らかに『機体の制御を失って恐慌状態に陥った操縦者』を落ちつかせようとしている口調だった。

まさしく噴飯《ふんぱん》ものだ。

「聞こえますか？　我々の受け入れ態勢は万全です。いいですか。決して焦《あせ》らずに手動手順を確認して、冷静にこちらの指示に従ってください」

ジャスミンはうんざりと言い返した。

「わたしは保護の必要な幼稚園児かな？　さっさと誘導灯を点灯しろ。後はこっちで勝手に乗る」

苛立《いらだ》ち混じりの声を聞いて、相手は最悪の事態を想像したらしい。

内心激しい焦燥《しょうそう》を感じたに違いないが、それを抑えて、ますますなだめすかす口調になった。

「軽はずみな真似はいけません。我々が必ず無事に降ろしますから、落ちついて……」

「わたしは充分落ちついているぞ。まったく理解に苦しむな。たかが手動着陸で何をそんなにもったいぶってるんだ？」

無造作に言い放つと、ジャスミンは慌てる管制を無視して進入を開始した。

《アルマンド》には大小無数の埠頭《ふとう》がある。

大型旅客船は宇宙空間に停止して桟橋を延ばすが、クインビーのような小型機は——特に調査の必要な機体は施設内の格納庫に収容する。

管制は着地予定の格納庫を指示し、その扉は既に開いている。

着地点は機内から視認できるし、他に離発着する機体はない。ならば管制は必要ない。

そう判断すると、ジャスミンは本当に誘導抜きでふわりと着地点に舞い降りたのである。

着陸のお手本のような動きだが、どういうわけかクインビーが停留しても格納庫扉は開いたままだ。

恐らく爆発の衝撃を宇宙空間に逃がすためだろう。

ジャスミンはほとほと呆れて、通信機に向かってのんびりと話し掛けた。

「おーい、管制。聞こえるか。聞こえたら格納庫の扉を閉じて空気を入れてくれ」

宇宙服を着ているから操縦席を出ても問題ないが、格納庫の扉まで手作業で閉めるのは変な話だ。

そこまで言われて、ようやく管制は通常の作業を思い出したらしい。ゆっくりと扉が閉まり、室内に空気が満ちるのを確認して、ジャスミンは操縦席を降りた。ヘルメットを抱えて格納庫を出る。

外にはずいぶん狭い通路が伸びていた。

隔壁が普通のものより頑丈に見えるのは、やはり事故対策の一環だろう。

やがて泡を食った様子で駆けつけてきた係官に、ジャスミンは手短に事情を説明した。

「調査の必要があるそうなのでこの機をお預けする。ただし、解体には同意できない」

「えっ？　それは困ります」

「問題ない。サディーニ大佐に了解を取ってある」

当の大佐が聞いたら何というかはともかくとして、係官も『ああ、それなら……』と納得してくれた。

ジャスミンは解体はしないという条項を明記した預かり証に署名して税関を後にした。

この後、ジャスミンとケリーは別行動を取った。

ケリーは自分で言ったように《カペラ》の修理を急ぎたかったのだ。

借り物に傷をつけたままなのはまずいし、第一、船乗りの矜持《きょうじ》が許さない。

しかし、出入国審査と税関を主な業務にしている《アルマンド》にはその設備がない。

修理を請け負う私設港が近くにあるというので、ケリーは《カペラ》でそこに向かい、ジャスミンは《アルマンド》に残ることにした。

愛機の傍を離れる気にはなれなかったのだ。

「《カペラ》はどのくらいで直る？」

「修理工の腕次第だが、丸一日あれば充分だろう」

「それより先にクインビーを引き渡してくれる——と期待するのは無理だろうな」

自分で言いながら嘆息したジャスミンだった。

彼女にもわかっている。あんな特殊な飛行物体を解体せずに調べるには少なくとも数日かかる。

「焦るなよ。どのみち急ぐ旅じゃないんだ。何なら峡谷競走《キャニオンレース》とやらを見物するのもいいかもしれんぜ」

「そうだな。確かにちょっと興味がある」

それに——とジャスミンは何やら含みを持たせる口調で続けた。

「クインビーが戻ってきても、すぐにここを離れるわけにはいかないからな」

ケリーは不敵に笑った。

今の彼には別の目算がある。

《カペラ》を襲った船を突き止めることだ。

たとえ借り物でも、自分の操縦する船を撃たれた。

危うく海の藻屑《もくず》にされるところだった。

こんな屈辱《くつじょく》をそのままにしておけるわけがない。

落とし前はきっちり着けるのが海賊のやり方だ。

あの十万トン級の正体は結局わからなかった。

国境警備隊も取り逃がしたらしいが、ダイアナと合流できれば割り出すことは難しくないだろう。

それまではこの星を動くつもりはなかった。

そんなケリーの心境はジャスミンにはお見通しだ。

「早く行って修理してこい。一人でこんなところにいてもつまらないからな」

「あいよ」

《カペラ》が出港するのを見届けて、ジャスミンは出入国受付とは別の区画に向かった。

《アルマンド》は入国審査を兼ねた公共の施設だが、星間旅行者のための施設も隣接されている。

数々の衣料品や貴金属、飲食店、宿泊施設などが並ぶ一角は事務的な印象の税関と打ってかわって、なかなか華やかな眺《なが》めだった。

店舗に並ぶ品物は衣料品も雑貨も洗練されていて、中央から遠く離れていてもブラケリマの文化程度は決して低くないことがよくわかる。

そして旅行客が土産物を買い求めるのはどこでもよく見られる光景だ。

旅行中ということもあって財布の紐《ひも》が緩むのか、それとも中央に比べて物価が安いのか、店舗の前に大勢の旅行客が群がっている。

ジャスミンも今は取り立ててすることがないので、見るともなしに店舗を眺めていた。

たまには着飾ってケリーを驚かせようかと言ったジャスミンだが、実のところ、お洒落《しゃれ》にはまったく興味がない。

第一、寸法が桁違いなので、普通の女性の衣服は着ようとしても無理なのだ。

それでも何となく華やかな活気を楽しんでいると紳士服の店舗の前に来た。

その店構えからも、急にひっそりと静かになった雰囲気からも、一般庶民にはちょっと手の届かない品物が並んでいることがわかる。

ここにもウィンドウの中に人形《マネキン》が立っている。

ブラケリマの流行なのか、紳士服なのにずいぶん華やいだ意匠《デザイン》の服を纏《まと》っている。

その中の一体がジャスミンの眼を引いた。

鮮やかな青い天鵞絨《ベルベット》のジャケットを着ている。空色のように薄くはなく、紺《こん》のように暗くもない、群青《ウルトラマリン》というのがぴったりだ。

光沢のあるシャツには細い銀の縞《ストライプ》が入っており、ネクタイは締めていない。ボトムも光沢のある黒。

一つ間違えば奇抜だと言われてしまいかねない、着る人を選ぶ服だが、生地も仕立ても最高級なのは間違いない。絹でつくられた群青の輝きは、素直にきれいだと思えるものだった。

ちょっと派手だが、ケリーに着せたら似合うかもしれない。足を止めて上から下までしげしげ眺めていると、後ろから控えめに声を掛けられた。

「失礼、ミズ……」

店員が声を掛けてきたのかと思いきや、その男はどう見ても店員ではなかった。

年の頃は三十五、六。いかにも育ちのよさそうな甘い顔立ちだが、生来の品の良さに加えて強《したた》かな癖《くせ》を持っている顔だった。

一目で極上とわかる白麻の背広、チョコレートのシャツに光沢感のある細い鈍色《にびいろ》のネクタイを締め、飴色《あめいろ》に輝く靴《くつ》を履《は》いている。

派手と粋《いき》の微妙な境目を行く趣味だが、しっくり馴《な》染《じ》んで様《さま》になっている。

何より驚いたのは、その男がジャスミンより背が高かったことだ。

男も軽い驚きに眼を見張っていた。

ケリーが前に言っていたが、まっすぐ立った時に視線の合う女性は極めて稀《まれ》だそうだから、この男も同じことを感じたのかもしれない。

男は澄んだ青い眼でジャスミンに笑いかけると、人形《マネキン》の来ている天鵞絨《ベルベット》のジャケットを指し示した。

「これをお求めですか?」

「いいえ、見ていただけです」

「それはよかった。——きみ、これを頼む」

いつの間にか影のようにそこに控えていた店員が恭《うやうや》しく頭を下げる。

男はジャスミンに眼を戻し、気障《きざ》な仕種で片目を瞑《つむ》ってみせた。

「あなたがお求めなら横取りするのは申し訳ないと思ったのでね」

ジャスミンも微笑《びしょう》した。

こんな言いぐさが嫌みにならない男は珍しい。

「お譲りしますよ。なんと言ってもわたしより背の高い男性は貴重ですから」

「ありがとう。——ご旅行ですか？」

「ええ。そちらはご出発ですか？」

「いや、たった今戻ってきたところなんですよ」

反射的に答えた男は、あらためて笑顔になって、感心したように尋ねてきた。

「地元の人間だとわかりますか？」

ジャスミンは笑うだけで答えなかったが、店員の態度を見ればすぐに馴染みの人間だとわかる。

それもかなりの上客だ。

金も身分もあり、見てくれも決して悪くない。

悪くないどころか、大変な美男子と言っていい。

間違いなく女性たちに圧倒的にもてるだろうに、どうして自分に声を掛けてきたのかと思った。

クーア財閥の後継者として社交界に登場した頃は眼の色を変えて近づいてくる男は珍しくなかったが、今のジャスミンは何も持たないただの女に過ぎない。

財閥総帥の肩書きがなければ、自分は男が好んで声を掛ける種類の女には入らないと、ジャスミンは客観的に判断していた。それなのに、男はまだ話を続けたそうな素振りである。

妙な男だと思った。

それは確かだが、それ以上の興味はなかったので、軽く会釈《えしゃく》してその場を離れた。

3

　税関の整備士たちは予想外に持ち込まれた荷物を啞然《あぜん》として見上げていた。

「とんでもない代物だな……」

「まったく、この眼で見てもまだ信じられないよ。なんでこんなものが宇宙を飛ぶんだか……」

　眼の前にある船や機の使用目的や性能が不明な時、整備士たちは普通、その正体を機本体に訊《き》く。

　正確にはその感応頭脳にだ。

　厳重な保護《プロテクト》の掛かっている軍用頭脳は別として、大抵の頭脳は人間の質問には素直に答えるのだが、この機体にはその手段が通用しない。

「ひとまず中身《なか》を覗《のぞ》いてみるか……」

　断層撮影の装置が運ばれてきた。


　しかし、映し出された画像を見た彼らの口からは再度驚愕《きょうがく》の呻《うめ》き声が洩れたのである。

　持ち主は解体は許可できないと言ったそうだが、頼まれてもこんなものをばらす気にはなれない。

　この機体に関してわかっていることは製造年度とクーア製ということだけだ。

　しかし、四十年前のクーアがこんな機体の開発に着手した記録はどこにもない。

　特注品だとしても、製造記録くらい社史の片隅に残っていてもよさそうなものである。

　後はクーア本社に直に問い合わせるしかないが、整備士たちはひとまず作業を中止した。

「後は明日だ」

　彼らも玄人《くろうと》である。これは一朝一夕にはどうにもならないと踏んだのだ。

　何より宇宙港の《アルマンド》にも昼と夜があり、就業時間も決まっている。

　ブラケリマ人はほとんどが陽気で快活で、人生を楽しむ意欲と才能にあふれた人々だが、残念ながら勤勉という美徳にはやや欠ける。

この時も終業時間になったので、彼らはさっさと仕事を切り上げたのだ。

ジャスミンが聞いたらまた怒髪天《どはつてん》を衝《つ》きそうだが、これがここでのやり方だった。

ただし、宇宙港の《アルマンド》は夜になっても完全に活動を停止することはない。

出国ロビーはひっそりしているが、夜更けに船が入港することもあれば、荷物が運び込まれることもある。共和宇宙標準時はブラケリマとは違う時間で動いているため、この時間までに港に降ろさないと契約違反になるという場合が多々あるからだ。

この場合、荷物が港に長居することはない。

入港を待ちかまえていた運搬者によってただちに地上に降ろされ、ブラケリマ各地に運ばれる。

そうした運輸経路が既にできあがっているのだ。

ただし、いったん港の格納庫にしまわれた荷物の引き渡しが夜間に行われることは滅多にない。

ブラケリマの職員は性質上、そんな余計なことはしたがらないからだ。面倒くさそうに手を振って、

「明日来て。明日」

と、すげなく追い払うのが常である。

この時もそうだった。

二人の男が夜間窓口に現れて、しつこく呼び鈴を鳴らして夜勤の職員を窓口まで引きずり出したが、職員は明らかに迷惑そうな顔だった。

差し出された預かり証をろくに見ようともせず、あくびを噛《か》み殺しながら一言で片づけた。

「朝になったらまた来てくれ」

「いいや、待てないな」

二人の男はまるで顔を隠すように深い帽子を被り、長いコートを着ていたが、一人がコートの襟《えり》を少し開いてみせた。

下に着ていたのはつなぎの作業服だった。

《アルマンド》の整備士もよく着ているものだ。

特に珍しいものではないが、色が違う。鮮やかな紫の作業服の胸には、湾曲した大きな角を持つ羊の紋章が刺繡《ししゅう》されている。

夜勤の税関職員はまさに眼を剝《む》いた。

眠気が一瞬で吹き飛んだ。

雄々しい羊を描いたこの紋章はブラケリマ人なら誰もが知っているものだったからだ。

「なんだ！　そうか！　あんたたちディアス社の！　早く言ってくれよ！」

「おいおい、声が大きいぜ、兄弟」

男の一人がたしなめるように囁《ささや》けば、もう一人も苦笑を浮かべて話し掛けた。

「ま、そういうことだ。明るいうちに来るわけにはいかなかったのさ。人目を引きたくないんでね」

「そうだよなあ！」

「だから、あんたも気をつけてくれないと困るぜ。俺たちが今日ここに来たことは内緒にしてくれよ」

「任せてくれよ！　誰にも言わないって！」

子どものように眼を輝かせている職員に、二人の男はやんわりと尋ねた。

「それで、俺たちの『お姫さま』はどこなんだ？」

「外で船が待ってるんだ。あんまり時間が掛かると、やっぱり人目を引くことになっちまう。一刻も速く地上に降ろしてやりたいんだがな？」

「もちろん！　もちろんわかっているとも。ええと、ちょっと待ってくれよ」

職員は格納庫の記録を大慌てで調べ始めた。

その間も満面の笑みを浮かべて、ひっきりなしに二人に話しかけることはやめなかった。

「いやあ、楽しみだな。わくわくするよ。競走《レース》にはいつ頃お目見えするんだ？」

男たちは顔を見合わせて苦笑した。

「悪いな。兄弟。その質問には答えられないんだ」

「詳しく言えないのが残念なんだが、決して失望はさせないぜ。楽しみに待っててくれ」

職員は歓びの口笛を吹きながら、目当ての記録を探し出した。

「ああ、あった、これだな。頭脳非搭載の小型機。C17格納庫だ。――すぐに管制に連絡するよ」

「頼むぜ」

税関職員は興奮も露《あら》わに管制室に内線を入れた。

応対した夜間勤務の管制官も最初はこんな時間の荷物の引き渡しをいやがった。

普段やらないことというだけで面倒なのである。

第一、入港申請中の船からそんな申し出はないと反論したが、税関職員は倍の勢いで言い返した。

「そりゃあ向こうからおおっぴらには言えないさ！ディアス社の新型機なんだぜ！」

これで管制官も眼の色を変えた。

慌てて、言われた識別信号の貨物船に連絡すると、待ちかまえていたように操縦者が出た。

この操縦者も同じだった。やはり眼にも鮮やかな紫色の、大角羊《おおつのひつじ》の紋章を着けたつなぎを着ていた。

その紋章を示して誇らしげに言う。

「夜分に悪いが、人目が多いと何かと面倒なんでね。この時間がちょうどいいのさ」

大角羊の紋章はここでも絶大な効力を発揮した。

管制官はすぐさま港内への進入および格納庫への連結許可を出したのである。

待機していた大型貨物船がゆっくり進入しながら格納庫扉を開き、その状態でC17格納庫に連結する。

同じ頃、《アルマンド》の内部からも二人の男がC17格納庫に到着していた。

格納庫の中は無人だった。

ただ、目当ての機だけがひっそりと佇《たたず》んでいた。

頭脳を持たない機体なので、乗って動かすことはできない。大型貨物船の格納庫内には、そのための起重機《クレーン》が用意されていた。

貨物船から下りてきた男も含めて、三人がかりで、彼らは格納庫の中身を貨物船に収容した。


翌朝、ジャスミンは比較的遅い時間に眼を覚まし、ホテルの部屋で朝食を摂っていた。

食べるのは一人だと断ったにも拘《かか》わらず、ルームサービス係は本当にこれで一人分の朝食だろうかと疑っていたらしい。予備のナイフやフォークを隠し持って来たのがおかしかった。

昨夜は同じホテルの酒場で遅くまで飲んでいたが、鍛えられた身体だ。二日酔いには縁がない。

《アルマンド》にはいくつかの宿泊施設があったが、ジャスミンは一番格式の高いホテルを選んだ。

理由は簡単で、高いホテルなら保安面《セキュリティ》がしっかりしているからである。

フロントの応対も丁寧《ていねい》だし、調度品も趣味がいい。酒場で飲んだ地酒も美味《うま》かったし、食事も美味い。

このホテルは当たりだったと満足しながら食事を終える頃、内線が鳴った。

ホテルのフロントと名乗った相手は食事の邪魔をしたことを丁重に詫び、意外なことを言ってきた。

「当宇宙港の人間がお客さまにお目にかかりたいと申しておりまして、もし、ご都合さえよろしければ、これからではいけませんでしょうか?」

急な話を訝《いぶか》しく思いながらジャスミンは尋ねた。

「宇宙港の方とは?」

「それはお目にかかってから申し上げるそうです」

「今そちらにいらっしゃる?」

「はい」

「わかりました。ここへ通してください」

「よろしゅうございますか?」

「かまいません。——ああ、ですが、食器は下げてもらえるとありがたい」

「かしこまりました。すぐに伺《うかが》います」

驚いたことに、内線を切るとほとんど同時に係がやって来て、手際よく食事の後を片づけ、代わりに香り高い珈琲《コーヒー》を用意していった。

それを見澄ましたかのようにジャスミンの部屋を訪れた客がある。五十年配の少し太めの男と、背の高い初老の男の二人連れだった。

宙港の人間というので税関職員か整備士だろうと思ったら、二人とも仕立てのいいスーツに身を包み、ぴかぴかに磨き上げた靴《くつ》を履《は》いている。

見るからに管理職――それも高級管理職だ。

少し太めのほうはアンドレア・メヌッティ。

背の高いほう――といってもジャスミンが余裕で薄くなりかかった頭のてっぺんを見下ろせるが――こちらがドメニコ・スヴェーニョ。

メヌッティは《アルマンド》税関の長だと名乗り、スヴェーニョに至っては宙港長だと自己紹介した。

この肩書きには正直ジャスミンも驚いた。

《アルマンド》を管理する最高責任者の二人である。

その二人が連れ立って来るとはよほどのことだ。

しかもその顔色から察するに、極めてありがたくない何かが起きたのは間違いない。

事態の深刻さを示すように二人ともなかなか話に入ろうとしなかった。

どう切り出すべきか迷っているようにも見えた。

結局、珈琲を一杯飲み干した後、スヴェーニョがようやく重い口を開いたのである。

「実は……何とも困ったことが起きまして……」

それはもう見ただけでわかる。

二人ともジャスミンと相対して座っていながら、一度も視線を合わせようとしないのだ。

ジャスミンは一言も発せず、話を促すこともせず、黙って座っていた。その様子に威圧感を感じたのか、逆に与《くみ》しやすしと思ったのか、スヴェーニョは意を決したように顔を上げて言ったのである。

「税関職員の手違いで、お客さまからお預かりした機体を他の人間に引き渡してしまったのです」

「何ですと？」

二人とも「まことに申し訳ありません」と深々と頭を下げたが、ジャスミンは訝しげに問いかけた。

「どうも理解に苦しみますな。問題がそれだけなら、お二人が直々にわたしに会いにいらっしゃる必要はないはずですが？」

宇港側の失態には違いないが、引き取った相手も間違いに気づいた時点で宙港に連絡するだろうし、返してもらえばそれで済む話のはずだ。

「それとも、引き取った相手が間違いに気づかずに跳躍《ジャンプ》してしまって、わたしの機体は既に何百光年も離れた場所にあるとでも？」

「いいえ、それはあり得ません。お客さまの機体はブラケリマを出ていないと断言できます」

「本当に？」

ジャスミンの口調は冷たかった。

こんなとんでもないへまをやらかしてくれた後で何を言われても信用できるはずがないが、二人ともそれだけは間違いないと力説した。

星系外に出国する船は貨物をすべて調べられる。

あんなに目立つ荷物を積んでいたら見逃すはずはないというのである。

「結構。それなら、わたしの機体を早く取り戻していただきたい。どう考えてもこれはそちらの失態だ。あなた方には回収の義務があるはずです」

「それは無論おっしゃるとおりですが……実は少々、何と申しますか、困った問題がありまして」

どうやらここからが本題らしい。

メヌッティはリネンの手巾《ハンカチ》でしきりと額《ひたい》を拭い、スヴェーニョは探るような眼でジャスミンを見た。

「お客さまはアントーニ・ディアス・カンパニーをご存じでしょうか？」

「いいえ」

「通称ディアス社。ブラケリマでは大変有名な——優秀な企業でして、特に我が国で盛んな低空競走に出場する特殊な飛行機の生産で大きな市場占有率《シェア》を誇っています。この競走に使われる機種は何種類もありますが、その生産と供給に掛けて——もちろん一般用の大気圏内限定機《エアプレイン》でも同じことが言えますが、ディアス社は我が国でも五本の指に入ります」

ジャスミンは無言で眼を光らせていた。

要点をはっきり言えとその眼が冷たく語っている。

「低空競走は我が国では大変な利益を生む娯楽です。基本的には機体が一台と操縦者が一人いれば誰でも参加できます。ただ、機体は自分で用意しなければならない規則ですので、操縦者はほとんどチームと契約して出走します」

「そのチームは一定の料金を払って企業から機体を借り受けます。企業にとっても自社製品の何よりの宣伝になりますから、成績優秀なチームには無償で貸し出すこともあります」

チームの最小単位は操縦者が一人と飛行機が一台、そして整備士が一人だ。

格下の階級になると、操縦者《パイロット》と整備工《メカニック》がそれぞれ一人いるだけという零細チームまであるそうだが、この構成で勝てるチームはまずないと言っていい。

小型飛行機はブラケリマでは比較的よく使われる移動手段で、素人《しろうと》飛行家も珍しくない。

誰でも参加できる市民大会まで開かれているが、公式競走《レース》となると次元が違う。

熱狂的な人気を誇る競走だから操縦者にとってもチームにとっても企業にとっても成績は死活問題だ。

「この低空競走は年中行われるものではありません。開催時期が決まっております」

「つい先日、今年のシーズンが開幕しました。まだ始まったばかりですが、毎週の成績が振るわないと、チームは成績を上げるために様々な手段を講じます。操縦者を替えるのも一つの手段ですが、ほとんどは機体のほうを新しくするんです」

「力のあるチームは、もっと優秀な機体をつくれと製造元にはっきり要求します。それができないなら、ライバル会社の同種機に乗り換えるというわけです。企業にとっても、この成績は最大の指標となります。自社製品が勝ち続ければ株価は鰻《うなぎ》登り、負ければ暴落する。至ってわかりやすいものですから　どの企業も必死になって機体の性能向上を計ります」

「当然この機体は大気圏内限定機《エアプレイン》とはいえ恐ろしく開発費の掛かったものでして、最新技術の塊《かたまり》です。

どの企業も新型機の情報は最高機密としております。出走できるのは国内の部品を使った機に限るという規定にも拘わらず、わざわざ国外で組み立てるのも、情報を盗まれる危険を回避するためなのです」

ジャスミンの表情は次第に険《けわ》しさを増していった。

それとは対照的に二人ともあくまでジャスミンの顔を見ようとしない。

ついにジャスミンは、今の二人には絶対零度にも感じられるほど冷えきった一言を発した。

「それで？」

追いつめられたメヌッティが苦渋に満ちた表情でようやく白状したのである。

「……昨日、そのディアス社の新型機が当港に入港するはずでした」

「実際には入港しなかった？」

「はい。船の都合で遅れまして、もうじき到着する予定になっております……」

ここまで聞けばいやでも見当がつく。

ジャスミンは地獄の底から響くような声で言った。

「お話を要約するとこういうことですか。どこかの間抜けな泥棒か産業スパイがディアス社の新型機の窃盗《せっとう》を企んだ。そしてここの税関職員はその泥棒に協力する形で、よりにもよってわたしの預けた機をその新型機と勘違いして引き渡してやったと？」

「まことにもって……」

「お詫びのしようもございません」

二人ともまさしく平身低頭したが、そんな謝罪で済まされる話ではない。

ジャスミンは懸命に自分を制していた。

税関倉庫に収まっているはずだったクインビーが盗まれて、今はどこにあるかわからないというのだ。

こんな田舎《いなか》の宇宙港と税関を信じて愛機を託した自分の迂闊《うかつ》さと愚かさに歯がみすると同時に、軍を退役していてよかったと見当違いのことをしみじみ実感した。

軍規に従っていた頃の自分ならたとえ相手が民間

人でも、この二人に鉄拳《てっけん》の一つもお見舞いせずにはいられなかっただろう。

　胸に燃えさかる業火《ごうか》を押し殺して、ジャスミンは努めて冷静な態度で話を続けた。

「何故そんな間違いが起きたのです。税関の人間は受取人が違うことに気づかなかったのですか？」

「ディアス社の人間とばかり思っていたそうです」

「単なる思いこみを少しも疑わず、受取人の身元も確認せずに、わたしの機を引き渡した？」

「それはあの、感応頭脳非搭載の無重力対応機など普通は存在しませんので……」

　相手の言葉をジャスミンは途中で遮った。

「それを言うのであればそもそも大気圏内限定機《エアプレイン》に感応頭脳は使いません。一般的に使われているのは航空管制頭脳のはずです」

「もちろん、おっしゃるとおりです。競走用の機も大気圏内用の管制頭脳を搭載していますが、中には特別仕様の——管制頭脳非搭載の機種もあるのです。

ディアス社の人間が機体の引き取りを申し出て来て、格納庫の一つにはやや大型の機体、頭脳非搭載機が収容されているとなれば、まことに申し上げにくいことですが……職員はこれが飛翔機《フライヤー》でないなどとは考えもしなかったそうです」

　心の中でその職員に凄《すさ》まじい罵倒《ばとう》を浴びせながら、ジャスミンはまだ無表情を崩さなかった。

「管制はどうなのです？　ディアス社の荷が遅れていることを知らなかったとでも？」

「何分、夜間のことでしたので。お客さまの機体をお預かりした昼勤の人間がいれば、きっと間違いに気づいたのでしょうが……」

「要するに申し送りもされていなかったわけですな。税関と管制がその泥棒を信用した理由は何です？　偽造した社員証でも見せたのか、それとも制服でも着ていましたか？」

「……はい、まあ」

「ディアス社の作業服姿だったと聞いております」

特徴的な紫の生地、胸には大角羊の社章を綴《つづ》った作業服はディアス社の象徴として、ブラケリマでは誰もが知っている有名なものだと二人は説明したが、その説明で納得してくれる外国人は一人もいないということには考えが及ばなかったらしい。

「服一枚で騙《だま》されたわけか？　一国の税関が」

ジャスミンの口調も視線も今やはっきりと嘲《あざけ》りに変わっていた。

「呆《あき》れた話だが、現実にわたしの機体は盗まれた。あなた方はどうしてくださると言うのかな？」

通関手続きが必要だと言って旅行者から預かった荷物を紛失《ふんしつ》したのだ。宙港側の責任は免れない。

しかも、他のものでは代わりの効かない恐ろしく高価な荷物だ。

その事実をどこまで知っているのかわからないが、メヌッティもスヴェーニョも深刻な顔だった。

熱心に訴えてきた。

「すべての宇宙港に手配しましたので、お客さまの機が国外に持ち出されることはありません。それは間違いなくお約束できます。下の警察にも通報して地上施設の捜索に当たらせておりますが……」

広い惑星の中から一機の小型機を見つけ出すのは雲を摑《つか》むような話である。

恐ろしく重苦しい空気がその場を支配した。

その空気を振り払おうとしたのか、メヌッティがいささか苦しい笑顔で取り繕《つくろ》うように言った。

「失礼ですが、お客さま。保険には？」

ジャスミンはとことん相手を蔑《さげす》む冷笑を浮かべて、税関の最高責任者を見返したのである。

「あなたの部下たちは教えてくれなかったのかな。あれは保険の効くようなものではない」

「それはもちろんよくわかっております。ですが、見つからなかった時のことも考えねばなりませんし、最悪の場合は金銭で償《つぐな》うしかありませんので……」

「なるほど。それがあなた方の誠意というわけか？　ご立派な信念だ」

どんどん物騒になる気配にスヴェーニョが慌てて割って入った。

「今度のことではディアス社の社長も非常に驚いて、後ほどご挨拶《あいさつ》に伺うとのことでした」

ジャスミンはちょっと首を傾げた。

「社長がわざわざ？」

これまたおかしな話に聞こえた。ディアス社には関係ないことのはずだ。

「はい。お客さまのお荷物はディアス社の新型機と間違えられて盗難に遭《あ》ったのです。そうした事情を話したところ、社長は責任を感じられて、ぜひとも直接お目にかかってお詫びしたいと……」

「無用です」

再び元の無表情に戻ってジャスミンは言った。

元よりディアス社に責任を求めるつもりはないが、その新型機が予定通り昨日のうちに入港していれば泥棒もこんな間違いはやらかさなかったはずだ。

それを思うと、ひたすら忌々《いまいま》しい。

今さら社長に通り一遍の謝罪をされたところで、盗まれたクインビーが発見されるわけでもない。

「社長が責任を感じる必要はない。お気持ちだけで結構だとお伝えください」

言った傍《そば》から部屋の呼び鈴が鳴った。

ジャスミンが止める間もなかった。メヌッティが立ち上がって新たな客を招き入れたのである。

颯爽《さっそう》と室内に入って来たのは、昨日、紳士服店の前で会った男だった。

今日は淡いブルーのシャツに小紋柄のネクタイ、明るいグレーのスーツという出で立ちである。

予想外の顔が現れたことにジャスミンは驚いたが、男はもっと驚いていた。

その驚きを引っ込めると、片手を差し出しながら笑顔で名乗った。

「アントーニ・ルッジェーロ・ディアスです。またお会いできて嬉しい」

「ジャスミン・クーアです」

わざと笑顔はつくらずに素っ気なく答えながら、あらためて男を観察する。

昨日とはまったく雰囲気の違う装いを見ただけでかなりの洒落者《しゃれもの》だとわかる。服が違うのはもちろん、靴も今日は古典的《クラシック》な意匠《デザイン》の黒を履いている。

差し出された手も指先まで手入れが整っている。握れば自分よりやわらかい。労働を知らない手だ。

企業名と社長の名前が同じだが、この男が一代で築いたとは考えにくい。恐らく二代目か三代目だ。

ディアス社はブラケリマでは有名な企業だという。二代目のぼんぼんでも決して暇ではないだろうに、なぜわざわざ自ら足を運んだのか不思議だった。

ジャスミンもかつては企業主《オーナー》だった。それも、中央では知名度の低い地方《ローカル》企業などとはわけが違う。共和宇宙で知らないものはないと言われるほどの巨大企業を女の細腕（?）一つで仕切っていたのだ。

当然こうした場合の――自社絡みで問題が起きた時の事業主の心理もよく知っている。

ディアス社自体がクインビー盗難に関与している可能性さえ疑ったが、これはすぐに打ち消した。

あれは現代でも実現不可能な特殊技術の標本箱だ。あんなものを盗んでいくら研究してみたところで、ディアス社の業績向上につながるとは思えないし、そう簡単に金に換えられるものでもない。

となると、わざわざ出向いてきた理由として一番考えられるのは企業印象《イメージ》が悪くなるのを避けるため、何らかの補償を申し出ることだ。

だが、クインビーは当時最高水準の技術者集団に『空飛ぶ棺桶』とまで言わしめた代物である。

あんな規格外れの飛行物体を補償できる企業など今のクーアも含めてどこにも存在しないはずだがと、そこまで思考を巡らせてジャスミンは尋ねた。

「昨日もこちらでお会いしましたが、社長は宙港に宿泊されたのですか?」

「トニーで結構です。昨日ここにいたのは新型機が到着すると聞いたので迎えてやろうと思ったのです。それが遅れるという連絡が入って、昨夜はいったん下に戻ったのですが、今朝になったらこの事件です。――驚きましたよ」

嘘《うそ》は言っていないように見える。

家柄の良さに加えて莫大《ばくだい》な資産、さらには容姿と、天から惜しげもなく与えられた男は、心から相手を気遣う様子を見せながらも、迷いのないなめらかな口調で話を続けた。

「ジャスミン。――こう呼んでもかまいませんね？　今回の事件はたいへんお気の毒でしたが、あなたの機体の盗難は当社とは直接関係はないということをまずご理解ください。しかし、当社が原因の一端となっていることも間違いのない事実です。せっかくブラケリマを訪れてくれた方にこのようなご迷惑をお掛けしたことを申し訳なく思っております」

予想通り謝罪から入ったディアスにジャスミンはさらに質問した。

「あなたの会社は有重力飛行機にかけて他の追随《ついずい》を許さない優良企業だと聞きました。その新型機には産業スパイが狙うほどの価値があるのですか？」

ディアスは白い歯を見せて笑った。

好印象を与えることを計算し尽くしているような、自信とさわやかさにあふれた笑顔だった。

「他の追随を許さないとはありがたいお言葉ですが、この業界は熾烈《しれつ》な競争に晒《さら》されています。我が社が他社に抜きんでている部分があるのも事実ですから、情報合戦も盛んと言っていいでしょうね」

「では、新型機が盗難に遭ったら、貴社はかなりの損害を被《こうむ》ると考えていいのでしょうか？」

「もちろんです。あれを盗まれたら当社は大打撃を受けていたでしょう。その災難を未然に防ぐことができたのですから、実のところあなたには感謝しているくらいなんですよ」

若き実業家はあくまでさわやかに歯を見せながら、とんでもないことを言い出した。

「こんなことを言うのは申し訳ないのですが、実際、あなたの機が間違って盗まれたおかげで、結果的に我々のレディーバードは無事でした。その意味ではあなたにお詫びするとともに、お礼を言わなくてはなりませんね」

もしケリーがこの場にいたらディアスに向かって、『自殺したいのか?』と真顔で尋ねたに違いないが、ジャスミンは意外にも怒気を露わにはしなかった。

ただ、首を傾げて呟《つぶや》いただけだ。

「レディーバード?」

「ええ。先程入港した我々の新型機です」

笑顔で言ったディアスは急に表情をあらためると、何やら訴えかけるような様子になった。

「ジャスミン。はっきり申し上げましょう。お気の毒ですが、あなたの機が無事に発見される可能性はまずありません。犯人も今頃はとんでもない失敗をしたことに気づいているでしょう。恐らく闇市場に流すでしょうが、そこに集まる人間は盗品と承知で買うのですから二度と表の市場には出てきません。憎むべきは犯人ですが、あなたの機は当社の製品と間違われて盗難に遭ったのですから、できる限りのことをさせてもらいたいと思います。我々が盗難に遭った機体の代わりをご用意しましょう」

ジャスミンは微塵《みじん》も表情を変えなかった。

本人は最大限の誠意を示しているつもりらしいが、これでこの男がクインビーの能力も真価も知らないことがはっきりした。

「お気持ちだけありがたく頂戴しましょう。あれは金では弁償できないものです」

「では、我々の技術で補償します。あなたの機体が無重力対応機なのは知っていますが、当社は有重力限定機ばかりを製造しているわけではありません。宇宙船に関しても優秀な実績を誇っています」

「無理なものは無理です。なぜなのかは、こちらの税関に聞かれるといい」

補償を受け取るつもりはないと言われて、素直に引き下がるようでは経営者失格である。

後日、相手の気が変わって訴訟など起こされたら事態が面倒になる。ジャスミンが判断する限りでも今ここで話をつけておくのが賢明なやり方だったが、それにしてもディアスの態度は少々熱心すぎた。

企業を守るためというより、ジャスミンの歓心を得たいと本気で思っているようだった。

「それではわたしの気がすみません。当社が原因であなたにご迷惑を掛けたのは間違いないのですから、我々は償いをしなくてはなりません。望みがあれば遠慮なく言ってください」

「では、そのレディーバードを見せてください」

予想外の言葉にディアスは眼を丸くした。

慌てて宥《なだ》めるような口調になった。

「ジャスミン。いくらあなたの頼みでも……先程も言ったようにあれは我が社の最高機密なんです」

「何も内部構造を見せろとか、動かしてみせろとか言っているわけではありません。わたしはその新型機の外見を見たいだけです。どのみちすぐに地上でお披露目《ひろめ》されるものでしょう。それとも、それすら譲ってはいただけないとおっしゃいますか?」

やんわりとおねだりされて（とディアスは感じたらしい）実業家の顔には本物の困惑が浮かんだ。

どうやら彼は女性の頼みを無下に退けるのは男の沽券《こけん》に関わるという信念の元に生きる人種らしいが、自社の機密を披露《ひろう》する躊躇《ちゅうちょ》も大いに感じていた。

「しかし……なぜそんなことを?」

「昨夜の泥棒がなぜそちらの新型機とわたしの機を間違えたのか、何か似通っているところがあるのか、自分の眼で確かめたい。それだけです」

「いや、これは困ったな……」

「わたしはこの国の人間ではないし、低空競走にもまったく無関係です。おたくの国民より少しばかり早く見せてもらっても害はないはずです」

ディアスは難しい顔で唸《うな》っていた。

表情から察するにかなりの葛藤《かっとう》があったようだが、

やがて頷《うなず》いた。

「いいでしょう。あなたはレディーバードの恩人だ。お見せしましょう。ただし、この機が実際に競走《レース》に出走する時までレディーバードを見たことは誰にも言わないと約束してくれますか」

「もちろんです」

「もう一つ、撮影はだめですよ？」

「ええ。——何でしたら身体検査しますか？」

「とんでもない。あなたを信じていますからね」

そう言いながらディアスは立ち上がろうとしない。

ジャスミンともう少し会話して親しくなることに興味が向いているようだが、時間を無駄にするのはジャスミンの主義ではない。

今すぐ見たいと、穏やかだが熱心に主張すると、ディアスはジャスミンと連れ立って税関に向かった。

二人きりで行ったわけではない。スヴェーニョとメヌッティも嬉々としてついてきた。

上級管理職の彼らまでがこんなに眼の色を変えるところをみると、低空競走はブラケリマでは確かに国民的な娯楽であり、ディアス社の新型機はよほど魅力的なのだろう。

機体の持ち主に加えて宙港の最高責任者が二人も揃《そろ》っているのだ。

職員たちはすんなり倉庫に通してくれたが、盗難事件があったにも拘わらず警備員も立っていない。

ジャスミンはその点を指摘した。

「不用心ではありませんか？」

ディアスはジャスミンの懸念を笑い飛ばした。

「明るいうちにあれを持っていける人間はいません。盗むにしては大きすぎますし、乗って動かそうにも飛翔機《フライヤー》は——低空競走《レース》用の機体を総称して飛翔機というのですが、動かすためには独特の操作が必要になります。子どもでも扱える搭載艇などとは違って素人には決して扱えない。ましてレディーバードは管制頭脳非搭載機ですからね。これを飛ばす専門の操縦者も飛翔士《フライヤー》というのですが、飛翔機《フライヤー》は飛翔士《フライヤー》でなければ動かすことなどできませんよ」

何ともはや、至って大らかなものである。

こういうところにもお国柄が出るのかもしれない。

サディーニ大佐のようにブラケリマ人には珍しく真面目な人たちだけが、呑気すぎる自国民の現状に頭の痛い思いをしているのかもしれなかった。

「どうぞ。これが我々のレディーバードです」

その機体も全体が深紅に塗られていた。大きさも同じくらいだ。ただし、形状はまったく違う。

推進機関《エンジン》が二基搭載されているし、特徴的な垂直尾翼も二枚だ。

メヌッティとスヴェーニョは年甲斐《としがい》もなく興奮の声を張り上げたが、ジャスミンは違った。

一目見るなり小さく舌打ちすると、鋭い眼差しでディアスを振り返ったのである。

「わたしの愛機がこれと間違えられたということは、そちらの情報がある程度洩れていたらしいな」

ディアスは本当に驚いた顔になった。

「まさか！　何を根拠に？」

「わたしの愛機を盗んだ連中は全長四十メートルの赤い機体——恐らくそれだけを目印にしたんだろう。自分たちが盗む対象の形状をちゃんと知っていたら、こんな初歩的な間違いはやらなかったはずだ」

ディアスは食い入るようにジャスミンを見つめて茫然《ぼうぜん》と呟いた。

「……あなたの機も赤い色をしていた？」

「そうとも。大きさもちょうどこれと同じくらいだ。泥棒が勘違いするにはそれで充分だったんだろう」

クインビーとジャスミンにとっては災難だったが、逆にディアス社には幸運だったわけだ。

しかし、情報漏洩《ろうえい》の事実は社長にとっては大変な衝撃だったらしい。茫然と額に手をやった。

「確かに二つも共通点があるなら情報漏洩を疑ってしかるべきだが……信じられない！　情報規制には万全を尽くしているのに……」

思わず呻いたディアスに向かって、ジャスミンは淡々と問いかけた。

「泥棒はあなたのところに連絡してきたのかな？」

「何ですって？」

「産業スパイが企業秘密を盗んだ場合、することは主に二つだ。競争相手に高値で売るか、当の企業に金を払って買い戻せと要求する。この機体も最新の特許技術の塊《かたまり》だろうから、貴社としても犯人との取引に応じるのはやむを得ない選択肢の一つに入る。——違うかな？」

ディアスは眼を丸くして、楽しげに笑い出した。

「いや、お見事な推理ですが、残念ながら違います。我々に金を要求する産業スパイはいませんよ」

「なぜそう言いきれる？」

青みを帯びた灰色の眼に見つめられて、男の青い瞳に今まで見たことのない酷薄な光が浮かんだ。

「簡単です。そんな真似をしたらディアス社を敵に回すことになる。金を受け取るどころか再起不能に追い込まれるのは明らかですからね」

敵にはいっさい容赦をせず、完膚《かんぷ》無きまでに叩き潰《つぶ》すと断言する。

自信に満ちた不気味な凄《すご》みは本物だった。

実際にそれだけのことをやってのける、もしくは既にやったことがあるのは間違いない。

どうやら女に甘いだけの二代目ではないらしい。

だが、ディアスが何故かジャスミンを気に入っているのも間違いないようで、再び熱心に言ってきた。

「ジャスミン。さっき言った言葉に嘘はありません。我々はあなたに償いをしなくてはならない立場です。何かできることがあれば遠慮なく言ってください」

「考えておきましょう」

短く言って、ジャスミンは格納庫を後にした。

宿泊しているホテルには展望台があった。

平日の昼間とあって人はほとんどいない。巨大な天蓋《ドーム》の外に広がる宇宙を眺《なが》めながら、ジャスミンは抑えきれない激情に身体を震わせていた。

すべての機械には（ダイアナのような特殊な例は別として）その宿命として使用可能限界が存在する。もちろんクインビーにもだ。

だから、時が来たら、機体の耐用年数を迎えたら、新しくつくりなおさなければならない。

それはわかっている。

どんなに特殊でも宇宙でたった一機の特注品でもクインビーは単なる乗り物だ。

ダイアナのように思考能力のあるものではない。

それもわかっている。

クインビーを製作した技術者たちは既にいないが、あの機体のすべてはダイアナが知っている。

《パラス・アテナ》にある時はダイアナが整備していたし、次に製造する機会が巡ってきたら、重力波エンジンの代わりにショウ駆動機関《ドライヴ》を組み込めるかどうか検討してみるとも言っていた。

だから、ダイアナが調整から戻ってきたら新しいクインビーを設計・製造してくれと頼めばいい。

時間は掛かるかもしれないが、ダイアナは現在のクインビー以上の機体を完成させてくれるだろう。

そのくらいわかっている。

いやというほどわかっているが、だからといって納得できるかとなると話は全然別だった。

天蓋《ドーム》から眼を戻して展望台の正面を見れば、惑星ブラケリマの地表がいっぱいに広がっている。

メヌッティとスヴェーニョの言葉を信じるなら、このどこかにクインビーがある。

国内便と違って国際便はかなり綿密に調べられるはずだから、あの機体が地上に降ろされたのはまず間違いないと思っていい。

間抜けな泥棒たちはどの段階で自分たちの失敗に気づいただろうか。

そして人違いならぬ機間違いを知った泥棒たちはいったいどうするだろう？

ディアスが言ったように闇市場に売りに出して、少しでも金に換えようとするのが普通の行動だが、あの機体では無理だ。闇市場には流せない。

あれはジャスミン以外の誰にも飛ばせないもので、飛ばない機体を買う人間はいないからだ。

ならば解体して部品だけを売りさばこうとしても、クインビーは現行機とはまるで規格が違う。

推進機関にしても二十センチ砲にしても現行機に接続することはできない。機体制御に使われている電算機に至っては完全に過去の遺物である。

部品だけ売るのも難しいとなると、残る可能性は――考えたくもない最悪の可能性だったが、潰して屑合金《くずてつ》として処理するしかない。

ジャスミンは低く唸った。

自分の身体が押しつぶされるようだった。

その重圧感に耐えながら、決めつけるのは早いと懸命に自分に言い聞かせる。

単に金が欲しかっただけなら現金強盗を企んでも、高価な宝石を狙ってもよさそうなものなのに、この犯人は持ち運びにも不便で、金に換えるのも非常に面倒な『飛翔機《フライヤー》』という代物に眼をつけた。

恐らくは普段から飛翔機《フライヤー》を扱い慣れている人間の犯行だろう。当然、飛翔機以外の飛行機に関してもある程度の知識を持っているはずだ。

それなら、間違いとは言え、クインビーのような特殊な飛行機を手に入れてすぐに潰すとは思えない。まずは調べて正体を摑もうとするだろう。

甘いかもしれないが、そこに賭けるしかない。

一縷《いちる》の望みを託すしかない。

銅像のように立ちつくすジャスミンの背後から、ディアスが近づいて行った。

「ジャスミン……」

そっと声を掛けながら両手で肩を抱こうとしたが、とたん真っ赤な髪が勢いよく振り返った。

「社長。話がある」

男は大げさに眼を見張った。

「ジャスミン。いい加減に他人行儀はよしませんか。トニーと呼んでくださいと言ったでしょう」

ジャスミンは聞いていなかった。

金色に光り始めた眼でディアスを見据えて言った。

「あなたはできる限りの補償をすると言った。その言葉に甘えてもいいかな？」

男は再び眼を見張り、自信たっぷりに頷いた。

「もちろんですとも。何なりと言ってください」

4

フィンレイ渓谷《けいこく》から南に二百キロ離れたところにミンダリアという町がある。

人口八千人に満たない小さなこの町を目指して、ブラケリマ中から人が集まってくる。ここの郊外にフィンレイ渓谷飛翔士《フライヤー》試験場があるからだ。

遠方から来るばかりではない。隣接する町からも、飛翔士《フライヤー》の資格免許を求める若者たちがやって来る。中にはまだ中学生になったばかりの少年もいる。

「何だ、坊主。また来たのか」

「あったり前だい。もうちょっとで七百点なんだ」

「はっはあ。まだまだ先は遠いな。頑張れよ」

既に係官とも顔なじみらしい。

普通小型機の試験場は連日大勢の一般客で賑《にぎ》わい、係官もその流れを捌《さば》くのに精いっぱいだが、ここはそれほど忙しくはない。

受付の係官が顔なじみの少年の相手をする程度には余裕があるのだ。

とは言え、こんな子どもが本物の飛翔機《フライヤー》に乗れるはずもなく、少年は模擬操縦装置《シミュレーター》へ直行した。

実際には訓練学校の卒業証明書を持っていないとまず受験させてもらえないのだ。

その訓練学校は十八歳以上でないと入れないから明日の飛翔士《フライヤー》を夢見る少年たちはこうして模擬操縦装置のある試験場を訪れて腕を磨くのである。

そして、この模擬操縦装置《シミュレーター》にしても百三十センチ以下の人間は使用できないから、地元の少年たちは身長が足りると試験場の模擬操縦装置に通い詰めて、年齢が満ちると訓練学校に入る。

そこでも全員が卒業できるわけではない。

飛翔士《フライヤー》としてに最低限の技能を身につけ、無事に卒業を認められた者だけが再び試験場にやってくる。

この場合の試験は試験と言っても事実上、確認に過ぎない。訓練学校の卒業生で試験を落ちるものはまずいないが、この手順を踏まない人間もいる。

既に飛翔士《フライヤー》として他の地域で活躍していた人間が、フィンレイ渓谷で飛ぶために訪れる場合がそうだ。

低空競走は地域密着型の娯楽だから、地域ごとに専用の免許が必要になるのである。

だからその女を見た時も、係官はそれだと思った。

飛翔士《フライヤー》を目指すのは何も男の子ばかりではない。

重量級の選手になるのははっきり言って難しいが、軽量級なら女子にも充分、活躍の場がある。

しかし、一目見たとたん、係官は呆《あき》れていた。

本当に女かと疑うほど大きな身体だった。

当然、重量もそれに見合った分だけあるはずだ。

これでは機体の負担は相当なものになる。

こんな図体では好成績を収めるのはとても無理だ。

峡谷競走《キャニオンレース》は国内でもっとも格式が高く、もっとも人気のある競走である。他の地域で成績のよくない飛翔士が一発逆転を狙ってフィンレイ峡谷にやって来たところで活躍できるほど甘くはないが、これも仕事だ。一応、手順を踏んで問いかけた。

「履歴書は？」

「ない」

「だめだ。他の地域で飛んでいた証明書がいるんだ。用意してまた来てくれ」

すると、大きな女は不思議そうに首を傾げた。

「そんなものが必要とは聞かなかったぞ。わたしはブラケリマに降りたのは初めてだし、ここの地上で飛んだことは一度もない」

係官は耳を疑った。

半信半疑で問い返した。

「……一度も飛んだことがない？」

「ああ。外国人は受験できないとは聞かなかったが、履歴書がないといけないのか？」

厳密に言えば、そんな規定はない。

外国人は受験できないという決まりもない。

ただ、まったく経験がないのに試験を受けに来る大人は極めて珍しいというだけだ。

係官は肩をすくめた。

「じゃあ、まず学科試験を……」

「それは免除されることになっている」

女が見せたのは確かに峡谷競走協会《キャニオンレース》発行の『この者の学科試験を免除する』という証明書だった。

これこそ競走界に顔の利くディアスに依頼して、無理やりもぎ取ったものだ。

ディアスは最初、この頼みに仰天した。

いったいなぜ免許を取得するのかと根掘り葉掘り聞き出そうとしてきた。ジャスミンが黙っていると、その頼みだけはお引き受けしかねると、峡谷競走《キャニオンレース》は命懸けの競技だ、あまりにも危険すぎると反対した。

それでもジャスミンが意志を翻《ひるがえ》さなかったので、最後にはとうとう諦《あきら》めて、

「まあ、学科だけなら……いいでしょう」

と、折れたのだった。

係官はそんな事情とは知る由《よし》もない。学科試験の必要がないならと、あっさり次の手順に進んだ。

「それじゃ、まずは身体検査と個体情報の採取だな。それから模擬操縦装置《シミュレーター》に入ってくれ」

経験がなくても、訓練学校を卒業していなくても、現実に飛翔機《フライヤー》を飛ばせる才能があると判断されれば、試験場は受験を認めている。模擬操縦装置《シミュレーター》はまさにそれを見定めるための物差しだった。

飛翔機《フライヤー》は公共空域を飛ぶことを禁止されているが、引退した飛翔士《フライヤー》が個人で飛翔機を購入し、私有地で飛ばすことなら許されている。そしてその子どもや血縁者が無免許でいじりながら成長したという例が実は結構あったりするのだ。

とは言え、外国人で一度も飛んだことがないならその可能性は低い。

模擬操縦装置《シミュレーター》まで案内しながら、係官はもう一度、念を押す意味で尋ねた。

「本当に飛翔機《フライヤー》に乗ったことは一度もないのか?」

「ない。実際に飛んでいるところを見たこともない。一応、操縦方法はざっと調べてきたがな」

係官は露骨《ろこつ》に呆れた顔になった。

飛翔機《フライヤー》は普通の飛行機とはかなり操作が異なる。曲がりくねった峡谷や河川段丘を飛ぶものだから、運動性が命の乗り物だ。高速で空を飛ぶ機械ながら極めて繊細《せんさい》な動きが可能で、非常用として左右にも動けるようになっている。

飛翔士《フライヤー》の中には普通小型機の操縦者《パイロット》から転向する人間もいる。現役で活躍している選手も結構いるが、みんな最初は飛翔機《フライヤー》独特の運動能力に戸惑うのだ。

どんな熟練操縦者《ベテランパイロット》でも、飛翔機《フライヤー》を乗りこなすには相当時間が掛かる。

それなのに、生まれて初めて模擬操縦装置《シミュレーター》に座る女では話になるわけがない。

臨時の試験官として模擬操縦を指示しながらも、これでは試験の結果などやる前から決まっていると係官は思った。


ところがだ。

本物の飛翔機《フライヤー》を見たこともなく、飛翔機用の模擬操縦装置に触るのも初めてのはずなのに、この女はまるで十年も乗っているかのような操縦を披露《ひろう》した。

千五百点満点の試験でこの女が叩き出した数値は千四百七十二点。

合格線《ライン》は千三百点だから余裕で合格だ。

それどころか、現実には千三百点から千四百点が合格圏内で千四百点以上は滅多に出ない。

文句なしにこの試験場の過去最高成績である。

係官は文字通り声を失っていた。

眼の前で何が起きているのかわからなかった。

模擬操縦装置《シミュレーター》が示した点数と自分の眼を疑って、茫然《ぼうぜん》と突っ立っていたが、女は苛立《いらだ》たしげに舌打ちしながら装置を出ると、真っ赤な髪を振った。

「やっぱり初見《しょけん》では思ったようには動かせないな」

——落第か？」

冗談ではない。

係官がしどろもどろに合格を伝えると、女は逆に眼を丸くしたのである。

「満点でなくてもいいのか？」

「…………」

ますます返す言葉がなくなった。

模擬操縦試験を通過したら今度は実践である。

飛行場に出て本物の飛翔機《フライヤー》を飛ばすことになる。

その場所を教えて女を一人で行かせると、係官は現場にいる仲間に大慌てて連絡した。

「おい！　大変だ！　すごいのが行ったぜ！」

飛行場には数人の試験管が待機している。

週末の混雑時には二十人以上いることもあるが、今日は平日なので五人だけだった。従って試験用の機体も今日は五機用意されている。

最軽量級のＳＷ18。愛称スワン。

飛翔機《フライヤー》の中では、試験用として使われているこの機種だけが複座である。

女は初めて間近にする飛翔機《フライヤー》を見て首を傾げた。

「ずいぶん小さいな？　わたしが前に見たのは全長四十メートルはあったんだが……」

「そりゃあ最重量級、ひょっとしたら怪物級《モンスタークラス》だな。最初はみんなこの軽量級から始めるんだ」

現場の試験官もその女を前にして驚いていた。

なるほど、見るからにすごい。

とても女とは思えない。

飛翔士《フライヤー》は伝統的に小柄でがっちりした男がいいとされている。普通の飛行機にも同じことが言えるが、操縦者の重さは飛行機にとって邪魔なだけだからだ。

とは言え、限度というものがある。

あんまり体重が軽いと比例して筋力も落ちる。

そうなったら今度は飛翔機《フライヤー》の激しい動きについていけなくなる。

特に制限があるわけでもないのに、女性飛翔士《フライヤー》の活躍の場がほぼ軽量級に限られているのはそういう事情もあるのだ。

男でも小柄で非力なのは重量級には参戦せずに、

主に中量級で活躍している。

こうした事情は誰でも知っていることだったから、試験管は量感たっぷりの女の体軀《たいく》に疑問を持った。

模擬操縦では抜群の数値を叩き出したとしても、果たして実技はどうかと訝《いぶか》しんだのである。

この体軀なら中量級をこなせるかもしれないが、飛翔機《フライヤー》にとって余分な重さは致命的だ。

事実スワンに乗り込んだ女はひどく窮屈《きゅうくつ》そうで、かろうじて座席に収まったのである。

しかし、女は少しも躊躇《ためら》わずに身体を固定すると、落ち着き払って始動操作に入った。

その手つきを見て試験官はちょっと考えを変えた。

この女はもしかしたら結構乗れるかもしれないと思ったのだ。

長年、試験官をやっていると、その辺は必然的に冴えてくる。上手《うま》い人間は飛ばす前からわかるのだ。

「ようし、発進だ。離陸後はこちらの指示に従って競技路《コース》に向かってくれ」

「了解」

試験官と女を乗せたスワンは、飛翔機《フライヤー》に乗るのが生まれて初めての、しかも桁外《けたはず》れに重たい操縦者が動かしているとは信じられないほど軽やかな動きで空に舞い上がった。

この時、偶然にも他の受験者はいなかったので、残った試験官たちも興味津々《しんしん》にスワンを見送った。

実技試験では実際の競技路を飛ぶ。

フィンレイ渓谷には優に百を超える競技路があり、一つ一つまったく性格が違う。

次々に目の前に迫る岩盤を右に左に躱《かわ》して飛ぶ、何より敏捷性《びんしょうせい》が問われる軽量級の競技路もあれば、幅の広い谷間を音速に近い速度で一気に飛び抜ける力任せの重量級専門の競技路もある。

スワンが飛ぶのはもちろん軽量級の競技路だ。

重量級より軽量級のほうが純粋に操縦者の技術を見ることができるから好きだという観客も多い。

試験官にとっても、受験者の技術を知るためには

「最初に突っ込めるかどうかが鍵だろうな」

受験者が来ない限り、彼らはすることがない。

楽天的なブラケリマ人らしく、のんびりお茶など飲みながら話に興じていたが、三十分が過ぎる頃、受付から別の受験者が行ったと連絡が来た。

「しょうがない。仕事するか」

順番で担当する試験官が立ち上がったが、その時、スワンが戻って来るのが見えたのである。

これには残っていた四人の試験官も驚いた。

試験の時間は人によってまちまちだが、最低でも一時間は掛かるはずだ。いくら何でも早すぎる。

何かの故障《トラブル》かと思ったが、機を見る限り、そんな様子は感じられない。白鳥《スワン》の名前に恥じない優雅な動きで舞い降りてきて着地した。

機体が停止すると同時に整備員たちが飛び出した。

試験官もいっせいに駆け寄って、風防が開くのを待ちかねて問いかけたのである。

「どうした？　故障《トラブル》か？」

軽量級の競技路が最適だった。

峡谷競走《キャニオンレース》は上空を何度か旋回して地面の裂け目に突入することで始まる。

しかし、これが意外に難しいのだ。

訓練学校でもこの突入式スタートは特にみっちり練習するが、授業と実践は違う。卒業したばかりの新米が怯《ひる》むのは当然として他の地域からやってきた飛翔士《フライヤー》もこのスタートには手こずらされる。

特に水上を飛んでいた飛翔士《フライヤー》によくあることだが、何年も経歴《キャリア》を積んでいるにも拘《かか》わらず、狭い谷間に思い切って飛び込めない人間が結構いるのだ。

地面に激突するような恐怖を感じるらしい。

無事に突入できても今度は左右の壁が迫ってくる。

本来なら飛行禁止区域に指定される場所だから、ここを速く飛ぶのは慣れない人間には絶対に無理だ。

「あの図体でも女だからなあ」

「ましてや一度も飛翔機《フライヤー》に乗ったことがないんじゃ、ちょっと厳しいぜ」

スワンの操縦席に座った女は困惑顔で首を振った。

「機はどこも何ともない。試験官が『もういいから引き返せ』と言ったんだ」

その試験官を見れば顔面蒼白、冷や汗を滲《にじ》ませて、ぜいぜい喘《あえ》いでいる。

「おい！　大丈夫か！」

仲間の試験官の呼びかけにやっとのことで頷《うなず》くと、何でもないと手で合図して見せる。

どうやら、女が何か無茶な飛び方をしたらしいが、それにしてもこの様子は尋常ではない。

訓練学校出身の若者の中には、自分がどれくらい乗れるか見せつけようとして、わざと乱暴な操縦を披露するものがいるが、学校出たての若造がいくら張り切ったところで、こちらは本職の試験官である。

長年試験官をやっていれば、本当に危険な操縦はすぐにわかるし、その時は受験者から操縦桿《かん》を取り上げて失格にしてしまえばいいだけのことだ。

それなのに、スワンの試験官が女に向ける眼には明らかな恐怖がある。

まだ口もきけない相手に、女は冷静に質問した。

「それで？　わたしは合格なのかな」

「ご、合格だ……」

必死に呼吸を整えて、ようやく言う。

「免許証はどこでもらえる？」

「う、受付で交付してくれる……」

試験官はもはや女が傍《そば》にいることも耐えられない様子だった。頼むから早く眼の前から消えてくれと、顔に書いてある。

女は肩をすくめながら機を降り、外で待っていた他の試験官に尋ねた。

「これで明日から峡谷競走《キャニオンレース》に参加できるのか？」

「いくら何でも明日は無理だな。峡谷競走《キャニオンレース》は週末の二日間って決まってる。一番早くて三日後だ」

「その競走には参加できるんだな？」

「ああ。機体と整備士のあてがあるなら、出走申し込みをすればいい。ただし、最初は下からだぜ」

他にもいくつかの質問をして女は受付に戻った。

そこにはさっきの係官が待っていて、個体情報の照合も終わったから、免許の交付までもうしばらく待つようにと言ってきた。

飛翔士《フライヤー》試験は受験者の厳密な身元を問わないが、犯罪歴の有無だけは厳しく調べる。

国内は言うまでもなく中央銀河の重犯罪者一覧《リスト》と簡単に照合できるようになっているのだ。

女の個体情報は犯罪歴には該当しなかったので、さっそく免許がおりたのである。

最後に女が署名した名前を確認して、係官は眼を見張った。

「ジャスミン・クーア？　すごい名前だな」

「誰に話してもそう言われる」

笑って免許証を受け取った女は、何気ない様子でさっきの試験官に訊《き》いたのと同じ質問をした。

「この峡谷で一番腕がよくて、峡谷競走《キャニオンレース》にもっとも詳しくて、今は第一線から遠ざかっている整備士と言ったら誰だ？」

「そりゃあガストーネじいさんだろう」

即答した係官だった。

「ジュゼッペ・ガストーネ。だけどあのじいさんは偏屈《へんくつ》なほうでも相当なもんだぜ。腕はぴか一だけど、今じゃ誰とも組もうとしないんだ」

「お年寄りなら腕が錆《さ》びついたのかもしれないぞ」

「そいつはあり得ない。じいさんが競走《レース》から離れて三年経つけど、今でも立派に第一線で通用するぜ」

係官は真顔で訴えた。

同時にその口調は本当に残念そうだった。

「じいさんに機を整備してもらった飛翔士《フライヤー》はみんな同じことを言うんだ。全然違うって。ガストーネに整備してもらえば勝てるって評判だったんだぜ」

「それだけの腕があってどうして引退したんだ？」

「そりゃあ、何かいやなことがあったんだろ」

あっさりしたものである。

そうして係官は半ば冷やかすような顔になった。

「じいさんと組もうと思っているんなら無駄だぜ。やめとけよ。この三年、どんな強豪チームが破格の条件で口説いても首を縦に振らなかったんだから。誰か他の整備士を探すんだな」

「一番腕のいい整備士が今現在フリーなのにか？　そんな無駄をする必要はないだろう」

ジャスミンは至って合理的な判断をして、さらに尋ねた。

「そのガストーネはどこにいる？」

「ミンダリアに住んでるけど……本気かよ？」

「もちろんだ。ミンダリアのどこだ？」

「たぶん、アラバスタって酒場で飲んだくれてるよ。いつもそうなんだ」

「ありがとう」

ジャスミンは停めておいた車で町に向かった。

週末になれば競走目当てに大勢の人がやってきて賑わう町《ミンダリア》も平日の今日はのどかなものだ。

石畳の道に煉瓦《れんが》造りの建物が並んでいる。古風な町並みである。

表通りにも人の気配はほとんどない。

ジャスミンには充分暖かいと感じられる温度だが、季節はこれから冬に向かいつつあるという。

買い物帰りの主婦に訊いてみると、アラバスタの場所はすぐにわかった。

ひときわ年季の入った建物に同じく年季の入った看板が吊されている。

昼間から酒場が営業しているのもいかにも呑気なブラケリマの文化らしい。

中に入ってみると、ちらほら客の姿があった。

ほとんどが暇をもてあましている高齢者だった。

ジャスミンは店内をざっと見渡すと、一人離れて呑んでいる男に歩み寄った。

六十代の半ばくらいか。『じいさん』というより『頑固親父』そのものの印象だった。頭髪は薄く、ごま塩の鬚《ひげ》を生やして、今でも第一線で通用すると係官が言ったように小柄ながらがっちりした体軀で、酒杯を取る手指も太く節くれ立っている。

なるほど気難しそうな顔つきだが、ジャスミンはその頭の上から声を掛けた。

「ジュゼッペ・ガストーネ？」

男は露骨に胡散《うさん》臭そうな眼を向けてきた。

「なんだい、姉ちゃん？」

ジャスミンは勝手に男の向かいに座ると、悠然《ゆうぜん》と足を組んで言ったのである。

「峡谷競走《キャニオンレース》に詳しいブラケリマ人何人かに、峡谷を知り尽くしている腕のいい整備士はと訊いたところ、全員が同じ名前を答えたんでな。——だから来た」

ガストーネは眼を剝《む》いた。

ぽかんと口を開け、まじまじとジャスミンを見て、腹を抱えて笑い出した。

「おいおい、やめとけって。冗談きついぜ。よその星生まれの姉ちゃんが峡谷を飛ぼうってのか？」

「他の星の人間だとわかるか？」

「あたぼうよ。地元の人間でブラケリマなんていう奴は一人もいやしねえ」

「では、何と言うんだ？」

「ブッカラだ。ブラケリマなんて名前は上の連中が勝手に決めやがったよそいきの呼び方さ」

「それは知らなかったな」

ジャスミンは真顔で頷いたが、その様子が余計に何も知らない素人《しろうと》とガストーネには映ったらしい。

無茶で無謀な自信過剰《かじょう》の女を追い払おうとして、あからさまに馬鹿にした口調で言ったものだ。

「他の空を飛んでたブッカラ人でも峡谷を飛ぶのは生やさしいことじゃねえんだ。悪いことは言わねえ。怪我しないうちに帰ったほうが身のためだぜ」

「そう言われて引き下がるわけにもいかないんでな。いやでもつきあってもらうぞ」

「おい、姉ちゃん……」

さすがにガストーネも剣呑《けんのん》な顔つきになった。

「峡谷を知らないど素人ってだけじゃねえ。ものの頼み方も知らねえらしいな。とっとと帰んな。酒がまずくならあ」

「頼んでなどいない。取引を持ちかけているだけだ。わたしは峡谷競走《キャニオンレース》の花形《スター》になる。腕のいい整備士はどうしても必要なんだ」

「……はあ？」

「仕事で組む時は一流の人間を相手にするべきだ。だからこうして話をしに来た。それとも、わたしの機体の整備を引き受ける自信がないのか？」

ガストーネは完全に匙《さじ》を投げた顔になった。

「帰んな。頭のおかしい姉ちゃんに用はねえよ」

「やっぱりわかっていないらしいな。言ったはずだ。わたしはお願いしているわけではないと」

笑い混じりの声に凄《すご》みが混ざった。

そこに得体の知れない何かを感じてガストーネは反射的に身構えたが、遅かった。

椅子から立ち上がったジャスミンの拳《こぶし》は容赦なく男の腹を抉《えぐ》っていた。

「ぐえっ！」

悶絶《もんぜつ》したガストーネの身体を軽々と担ぎ上げて、ジャスミンは酒場を後にしたのである。


不快感とともに眼を覚ましたガストーネは一瞬、自分がどこにいるのかわからなかった。

だが、瞬いた彼の眼に飛び込んできたのはいやというほど見慣れたものだった。飛翔機《フライヤー》の操作盤だ。

どうして自分がこんなところにいるのかわからず、身体を起こそうとして呆気《あっけ》にとられた。

ガストーネの身体は座席に縛りつけられていて、身動きが取れないのである。

そして横からあの女の声がした。

「眼が覚めたならちょうどいい。今から離陸だ」

「てめえ！　何しやがる！」

喚《わめ》きながらもガストーネは事態を悟った。

複座の飛翔機《フライヤー》は自分の知る限りＳＷ18だけ。

そしてそれが置いてあるのは試験場だけのはずだ。

「こんちくしょう！　おろせ！　おろしやがれ！」

もちろんジャスミンはそんな抗議に耳を貸さずに喚くガストーネを乗せたまま空に舞い上がった。

試験場を飛び立って十分もすると、世にも奇妙な光景が眼の前に広がった。

見渡す限りの岩、岩、岩だ。

長い間の河川の浸食の跡がはっきり見える。

まさに奇岩怪石だった。この上空から眺《なが》めても、途切れることなく奇怪な風景が続いている。

この頃になるとガストーネはむっつりと沈黙して、ジャスミンの顔と手元を交互に見ていた。

何をするのかと思っている顔つきだった。

「この峡谷には百以上の競技路があるそうだな」

「……それがどうした？」

「わたしが知っているのはこの競技路だけだからな。もう一度飛んでみる」

「ここだけ？　もう一度？　どういうこった！」

「騒ぐな。耳障りだ」

言うなりジャスミンは機首を倒し、足下の谷間をめがけて真っ逆さまに突っ込んだのである。

ガストーネは思わず叫んでいた。

「馬鹿野郎！　機首を起こせ！　衝突するぞ！」

ガストーネは飛翔機《フライヤー》に関して誰より詳しいという自負を持っている。

何ができて何ができないかを知っているのだ。

この女は試験用の競技路に入るつもりらしいが、こんな急降下で突っ込んだところで機体を立て直すことなどできるわけがない。

そもそもこんなものは急降下とは言わない。

墜落《ついらく》というのだ。

全身の血が凍りついたが、ＳＷ18はまるで魔法のような動きを見せた。

ものすごい角度で進入したにも拘わらず、地面に接触する寸前に水平飛行に戻り、戻ったかと思うとこれまたとんでもない速度を発揮したのである。

その様子は横に座っている人間にとってはまさに『吹っ飛んでいる』と言うに等しかった。

整備士のガストーネは実際に飛翔機《フライヤー》に乗って競技路を飛んだことはほとんどない。

だが、この競技路を飛ぶ時の最高速度なら誰よりよく知っている。

それ以上の速度を出すことは理屈では可能でも、人間の操縦能力が追いつかないことを知っている。

それなのに、彼の眼の前の速度計はどう考えてもあり得ない数字を示しているのだ。

全身びっしょり冷や汗に濡れながら女を見れば、別に緊張している様子も意気込んでいる様子もない。

至って気楽な顔つきで操縦桿を操作している。

「感想は？」

「な、何を言いやがる？」

ガストーネが眼を剝いたのは、女の口調が自分の技倆をひけらかすものではなかったからだ。

むしろ、逆だった。

すさまじい速さで眼の前に現れる岩盤を右に左に避けながら、女は苛立たしげに舌打ちしている。

「遅すぎると思わないか？」

「何だと⁉」

「遅いと言ったんだ。わたしはもっと速く飛べる。たとえば二番目の岩場だ。もっと右を抉って飛べばほぼ直進して次の場所を攻略できる。今の連続した岩場も同じことだ。本来ならあんなに大きく左右に機を振る必要はどこにもない。時間の無駄だ」

ガストーネの眼は今や顔から飛び出しそうだった。

「……おめえ、競技路《コース》が見えるのか⁉」

「最短距離がわかるのかという意味ならもちろんだ。わたしが考えた通りの線《ライン》を飛べれば、この機がもう少しわたしの操縦に機敏に反応してくれさえすれば、あと十秒は記録を短縮できるはずだ」

「じゅ！」

それは夢物語というのである。

低空競走の長い歴史の中でも後続に十秒の大差をつけて勝った例など一度もないのだが、女の口調は大言壮語しているようには聞こえなかった。

ＳＷ18の速度計はさっきから固定されたように、ぴたりと同じ数値を示している。

慣れない人間なら悲鳴を上げて失神しかねない、とんでもない速度をだ。

しかし、女にはこれでも非常に不満らしい。

弁解めいた口調で言ったものだ。

「練習次第ではもっと速くなるだろうな。さっきも言ったが、ここを飛ぶのはまだ二度目なんだ」

風防の外にはわずか一秒間にめまぐるしく景色が変わる恐怖の世界が広がっている。一瞬でも操作を誤ればあっという間に衝突《クラッシュ》する。

一つ間違ったら確実に死が待っている状況の中で、女は至ってくつろいで話していた。

「地上しか飛べないのはもの足らないが、飛翔機《これ》はなかなか楽しい乗り物だな。もう少し自由が利けばもっとおもしろいだろうに、残念だ」

座席に縛りつけられたガストーネは激突の恐怖に必死に耐えながら、努めて何気なく尋ねた。

「……飛翔機《フライヤー》にはいつから乗ってる？」

「今日からだ」

「はあぁ⁉」

「ついさっき生まれて初めて乗って試験を受けた。これが二度目だ」

ガストーネは茫然と座席に沈み込んだ。

今日初めて乗ったという操縦者が、障害物のない上空でしか出せないはずの速度で、曲がりくねった競技路を難なく攻略していくのである。

これは夢だ、何かの間違いだ、あり得ねえ！　と、心の中で絶叫した。

その眼の前にものすごい勢いで岩肌が迫る。

今度こそぶつかる！　と咄嗟《とっさ》に固く眼を閉じたが、機は必要最小限の動きで軽やかに身をひねり、女は再び舌打ちしていた。

「今のもそうだ。確実に0.5秒は浪費《ロス》したぞ。岩の表面を撫でるように飛べばもっと詰められるのに」

岩の表面を『何』で『どう』撫でるのか。

それを聞く勇気は今のガストーネにはなかった。

ＳＷ18に乗った試験官が腰を抜かしたのも道理で、ガストーネも完全に硬直していた。

そんな同乗者の心境は無視して、間違いなくこの競技路の最高記録を叩き出すと、ジャスミンは再び上昇して水平飛行に移ったのである。

やっとのことで目前に迫る岩盤と衝突の恐怖から解放されたガストーネは、女に気づかれないように安堵《あんど》の息を吐いていた。

その女はまだ納得できない様子で首を傾げている。

「この白鳥《スワン》はいい機体なんだが、万事におっとりと上品すぎる。足の遅さはこの際仕方がないとしても、こちらの操作に対する反応が焦《じ》れったいほど遅い。もっと積極的に反応してくれると嬉しいんだがな」

「……複座のせいもあるだろうぜ。単座ならもっと扱いやすいはずだ」

「それと、一流の整備士がいればだ」

「…………」

「わたしはおまえの顔を知らなかったが、腕のいい整備士は見ればわかる。面構《つらがま》えと手が違う」

ガストーネは眼を丸くして女の横顔を見た。

第一印象は何も知らない驕慢《きょうまん》な女だと思ったが、とんでもない。

今の常人離れした操縦からもわかるが、この女は鼻っ柱の強いじゃじゃ馬などではない。

慣れない者には奇異に映るこの口調もこの態度も、恐らくこの女にとっては自然なことなのだ。

ようやく苦笑を浮かべてガストーネは言った。

「……整備士は顔と手で見るか。へっ、男みたいな口をききやがる」

「男女は関係ないぞ。本当のことだ。いい整備士もいい船乗りも、わたしは何人も知っているからな」

「…………」

「ちょっと事情があってな。どうしても峡谷競走《キャニオンレース》で勝たないといけないんだ。ただし、賞金はいらない。全部そっちに渡す」

「……金が欲しいわけじゃないのか?」

「ああ。わたしには必要ない」

「じゃあ、何でだ?」

「生き別れになった相棒を捜している」

「……はん?」

「この峡谷競走《キャニオンレース》で勝てば、わたしが有名になれば、運がよければ会えるんじゃないかと思うのさ」

何とも言えない深い口調で言った女は、一転して悪戯《いたずら》っぽい眼をガストーネに向けた。

「それで? まだわたしの機の整備をしたくないと言うのかな。この飲んだくれの老いぼれは」

ガストーネは歯ぎしりしながら唸《うな》った。

自分の眼の前に、見たこともない速さで飛翔機《フライヤー》を飛ばせる操縦者がいる。

自分が手を貸せば、機体に手を加えれば、さらにとんでもない記録が出るのがわかっている。

曲がりなりにも整備士として生きてきた人間が、この状況に出くわして果たして首を横に振れるのか。

振れるものなら振ってみろと言わんばかりだが、それを認めるのはあまりに腹立たしく癪《しゃく》だった。

縛られた身体を見下ろしてガストーネは言った。

「……まず、こいつをほどきやがれ」

「返事が先だ」

「姉ちゃん。ちっとは礼儀ってものをわきまえろよ。ほどくのが先だろうが」

「そうか。ではもう一度競技路に挑戦するとしよう。三度目ならもっと速い記録が出るだろうからな」

この世のすべてを呪う悪口雑言を吐き散らかしたガストーネは、ついに喚き疲れてぜいぜい喘いだ。

「俺もこの年になるまでいろんな女を見てきたが、てめえみたいにむかっ腹の立つ女は初めてだ!」

5

低空競走には飛翔士《フライヤー》の経歴や技倆に応じた階級が設けられている。

上からS級、A級、B級、それ以下の欄外《らんがい》があり、それぞれの階級も三段階に別れている。

B1級、B2級、B3級といった具合にだ。

頂点はS1級。ここに辿《たど》り着けるのは何万といる飛翔士《フライヤー》の中でもごく一握りの人間だけだ。

「だから、よそから来た飛翔士《フライヤー》は一番下から始める決まりになってる。たとえ前の地域でS級だったとしてもだ。何でかっていやあ着順を決める要素には操縦者の技倆と機体の整備は当然として、もう一つ、地の利って奴がある」

「そんなに違うか？」

「大違いだ」

説明しながら、ガストーネはずいぶん妙なことになったもんだと思っていた。

身体も態度もどでかい女はジャスミン・クーアと名乗り、ガストーネに手を貸せと言う。

その理由が『勝ちたいから』というのではない。

『勝つからだ』というのだ。

他の人間が言えば鼻持ちならないだけの台詞《せりふ》だが、この女が言えば自信過剰《かじょう》でも何でもない。

ガストーネ自身、ジャスミンが果たしてどこまで飛べるのか、純粋に興味があった。

峡谷競走《キャニオンレース》とともに六十年を生きてきたが、久々に血が騒ぐのを感じていたのも確かだった。

「人にはそれぞれ得意な競技路がある。同じ地域、同じ階級でもだ。この競技路なら速いのにこっちの競技路では勝てないってことは珍しくない。距離も違うし、天候も違うからな」

「天気もか？」

「あたぼうよ。フィンレイ渓谷《けいこく》は全長三千キロだぞ。南と北、東と西では全然景色が違う。風の具合までまったく違う。同じ競技路でも天候次第で攻め方も違ってくる。それが低空競走の醍醐味《だいごみ》でもある」

　さらに言えば競技路の長さも規定もまちまちだ。

　短距離なら十キロ、長距離で五十キロというのが基本だが、中には百キロに達する競技路もある。

　距離が等しくても、自然の地形を活かした峡谷の競技路は場所によって難易度も異なる。

　だからこそ飛翔士《フライヤー》にも得意不得意が生じてくる。

　観客は贔屓《ひいき》の選手がどこの競技路が得意かということをちゃんと覚えていて投票券を買うのだ。

　この変化《ヴァリエーション》があるからこその人気なのだろう。

　ジャスミンがこれから挑戦する一番格下の階級は新人枠と呼ばれている。

　免許を取得したばかりの新人はここで実戦を学び、勝ち星の数に従って昇級するのだという。

「勝ちさえすれば、すぐに上に行けるんだな？」

「新人枠に限ってはそうだ。峡谷競走《キャニオンレース》は金を掛ける娯楽だ。客は正直だからな。勝ち目のない奴に金を賭ける客はいねえよ。強い奴はどんどん上に上がり、弱い奴は去る。それだけのことだ」

「B級に上がるにはどれだけ勝てばいい？」

「十勝すりゃあいい。ただし、たいていの奴はその勝ち星をあげるのに丸一シーズンかかるがな」

　ガストーネは競走を知り尽くしているだけあってジャスミンの初戦をどこにするかをさっさと決めて、今はその競技路NNW7の説明に取りかかっていた。

　NNW7は全長約十キロ。新人選手の標準記録は一分二十秒を切るか切らないかくらいだという。

「十キロを飛ぶのに一分二十秒？」

　ジャスミンは眼を剝《む》いて、真顔で言い返した。

「いくら地上でも遅すぎるぞ。十二秒の間違いじゃないのか？」

　ガストーネは絶望的に深いため息を吐いた。

「……その無駄にでかい眼玉をよーくひん剝いて、

競技路を見てみるんだな。ここは地上で、飛翔機《フライヤー》は幅の狭い曲がりくねった地表すれすれを飛ぶんだ。音速は出せねえ。そんなことをしたら自分の機体も吹っ飛ぶだけだ」

「そうか？　吹っ飛ばされる前にそれ以上の速度で衝撃波から逃げれば問題ないと思うが……」

本気で首を傾げる女が恐い。

残り少なくなった頭髪を大真面目に心配しながらガストーネは訊《き》いた。

「――おめえ、今まで何に乗ってた？」

「いろいろだな。一般に売っていた機体では……」

女は数種類の機体を上げたが、その答えを聞いてガストーネは驚いた。

型こそ数十年前のものだが、どれも連邦軍で標準配備された戦闘機だったからである。

現在では第一線から退いている機種ばかりだから中古で入手したのだろうが、物好きなことである。

それ以前に、この頃の機体は現在の機体に比べて遥《はる》かに操作の難易度が高い。

飛翔機《フライヤー》に乗るのは初めてだというこの女の、あのとんでもない腕前の秘密が少しわかった気がした。

「そんなに古い機が好きなのか？」

「まあな。あの頃の機なら――当時の感応頭脳ならまだ融通が利く。どうしても必要だと納得させれば、一応はこっちの言うことを聞いてくれる。比べると今の機体は……」

ジャスミンは困ったように笑って肩をすくめた。

「この峡谷のようなところを飛べと言ったところで、そもそも突入を承認しないはずだ」

「そうさ。ブッカラの飛翔士《フライヤー》の意地も誇りもそこにある。よその星の連中は飛翔機《フライヤー》のことを、地べたを這《は》ってるだけなんてぬかしやがるが、冗談じゃねえ。ご丁寧《ていねい》な案内役つきの機体で俺たちと同じところを飛べるもんなら飛んでみやがれってな」

「その意見には大いに賛成だ」

昔を思い出して、ジャスミンは苦い顔になった。

「わたしは宇宙飛行士だからな。一応は感応頭脳と折り合わなくてはならなかったんだが、自分が飛びたいところを自由に飛ぶこともできない、いちいち指図されるなんて冗談じゃないと思った。操縦桿《かん》を握っているのはわたしであって感応頭脳じゃない。安全のためには必要不可欠だと言われても、それとこれとは問題が違う。納得できるわけがない」

ガストーネはまたまた意外そうに眼を見張って、からかうような口調で言ったものだ。

「おめえみてえな宇宙飛行士がいるとは驚きだぜ。まあ、中には骨のある例外もいるがよ、そんなのはほんの一握りだ。奴らのほとんどは感応頭脳の言う通りにしか飛べない腰抜けで、案内役に従ってれば間違いないと思い込んでる大馬鹿野郎だからな」

ジャスミンも憤然《ふんぜん》と言い返した。

「わたしに言わせればだ、そんな連中は操縦者とは呼べない。単なる操り人形だぞ」

ガストーネは大笑いした。

ジャスミンを笑ったわけではない。

常々自分が感じていたことを、便利な人工知能に頼り切っている連中に対する不満と苛立《いらだ》ちを、宇宙生活の長いこの女が代弁するのが爽快《そうかい》だったのだ。

眼に笑いを残しながら説明に戻る。

女はすぐにでも実戦用の機体に乗りたがったが、ガストーネはそれを押しとどめてアラバスタに戻り、今は峡谷競走《キャニオンレース》について講義しているところだった。

何しろこの女は腕のほうは文句なしだが（それはもう恐ろしいくらいだが）競走についても、峡谷に関しても、あまりにも無知だったからである。

よくこれで学科試験を通ったもんだと思ったら、案の定、何か禁じ手を使って免除させたらしい。

「どこの地域にも高度制限がある。峡谷競走《キャニオンレース》の場合、海抜二千メートル以上を飛んだら即刻失格だからな。反則の中でもこいつは一番みっともない。逃げたと見なされるのさ。失格が二回続くと出走停止処分を食らうから気をつけろよ」

高度を取れないという恐怖感の上に失格を恐れて、新人はどうしても動きが慎重になってしまうのだが、女は恐れるどころか期待と喜びに眼を輝かせた。

「ひょっとして、飛翔機《フライヤー》搭載の管制頭脳は自動的に高度を保ってはくれないのか？」

「そんな親切な乗り物だと思うか？」

「おもしろい。高度計と睨《にら》めっこだな」

「だから新人は速く飛べないってのが峡谷の定説だ。慣れてくれれば身体が勝手に高度を計るが、新人にはそれができない。コースアウトを警戒しておっかなびっくり飛ぶことになる。ちなみにＳ１級の連中は同じＮＮＷ７を一分切ってくるぜ」

ジャスミンは驚きに眼を見張った。

そこまで速度差があると、見える世界も全然違う。

Ｓ１級が一握りの人間しか辿り着けない階級だということがよくわかる。

だが、ジャスミンはその頂点に最短速度でたどり着くつもりだった。ＮＮＷ７の詳細図をじっくりと眺《なが》めて感想を述べた。

「実際に飛ぶまではっきりしたことは言えないが、特に難しい競技路でもなさそうに見える。これならわたしでも一分を切れると思う」

今度はガストーネが何とも言えない顔になる。

他の新人が言えば鼻持ちならない身の程知らずで片づけられるところだが、本人は真剣である。

それだけの腕があるのもわかっている。

「まあ、初手からあんまり注目集めることもねえ。ほどほどに流して、特に他の奴らには注意しろよ」

「競争相手が妨害してくるからか？」

ジャスミンはこれまた大真面目に訊いたのだが、ガストーネは頭を掻きむしって盛大な罵倒《ばとう》を返した。

「おめえなあ、峡谷を飛ぶんなら最低限これだけは覚えておけよ！　妨害行為は禁止中の禁止事項だ！　他の機体の進路を遮《さえぎ》っただけで失格だからな！」

「ほう？　それは意外だ。邪魔するものは片端から跳ね飛ばしても許されるのかと思った」

「ばっかやろう！　そんなんじゃ飛ぶたびに死人が出るだろうが！」

「ガストーネ。あんまり怒鳴《どな》ると血圧が上がるぞ」

なおさら血圧が上がりそうなことを平然と言って、ジャスミンは質問に戻った。

「妨害行為が禁止なら何に注意しろというんだ？」

「他の連中の挙動にだ。谷底の浅い難所はちょっと跳ねただけで飛び出しちまう。ただでさえ高度計を気にしてる新人連中だからな。谷幅の狭い場所でも同じだが、どの機も慎重に行こうとしていっせいに速度を落とす。当然、失速寸前の大渋滞になる」

ジャスミンは呆気《あっけ》にとられた。

「有重力圏内で？　空中を飛ぶ乗り物が大渋滞か？　そっちのほうがよっぽど危ないぞ」

「まったくだ。飛翔機《フライヤー》には非常噴射があるとは言え、一歩間違えば墜落《ついらく》だ。一度上昇して再突入するのが無難なやり方だが、それは禁止されてるからな」

「どうして上昇禁止なんて規則があるんだ？」

「そのほうが確実に難易度は上がるからな。技術の向上のためだと協会側は言っちゃあいるが、本当の理由はそっちのほうがおもしろいからだ」

「おもしろい？」

「そうさ。至るところに撮影機《カメラ》が設置されてるが、競走は基本的に上から見物するもんだからな。客に飽きられない工夫を考えなきゃならん。その反対に時には客を興奮させる演出も必要なんだろうよ」

笑い飛ばしているが、どこかに苦さの感じられる口調だった。

ジャスミンはガストーネをじっと見つめていたが、何も言わなかった。

代わりに片手を上げて新たな酒を注文した。

今日初めて会ったばかりでもわかったことがある。ガストーネは今でも飛翔機《フライヤー》が好きだ。

この乗り物を速く飛ばすことが大好きだ。

その彼が、まだ充分働ける年だというのに、なぜ競走界から離れたのかはわからない。

どんなに情熱を注《そそ》いでも、競走は結局は見世物に過ぎないと感じて嫌気が差したのか、あるいは他に何か理由があるのかもしれないが、その辺の事情を詮索するつもりはなかった。

ジャスミンにとっては、ガストーネが自分に手を貸してくれると約束してくれただけで充分だった。

ガストーネは片手で酒杯を握りながら携帯端末を操作し、そこに映し出された飛翔機《フライヤー》を示した。

「――で、週末のおめえの初戦だが、こいつで行く。モレッティのF24だ。愛称フィンチ」

今日乗った試験機よりさらに一回り小さい。

自分の体軀《たいく》が操縦席に収まるかどうかが不安だが、ジャスミンはこれから組む機体を見て微笑《びしょう》した。

「白鳥《スワン》の次は小鳥《フィンチ》さんか。可愛いな」

「まあな。身の軽さでは文句なしだ。その分、他の機種に比べるとちょいとばかり力が劣るが、そこはおめえが何とかすりゃあいい」

「――他の機種？　おかしくないか？　低空競走は同型機だけで飛ぶものだと聞いたぞ」

「それは能力が等しいと認められた機種って意味だ。運動性はよくても加速に劣る、加速はとびきりだが制動が難しい。この二つを並べてみると、結果的に総合能力は同等と言えるってことさ」

「そうは言っても、競技路を見れば、選べる機体は自然と決まってくるだろう？」

「それがそうでもねえんだ。人によって合う機体と合わない機体があってな、乗り換えたとたんに速くなったって例はいくらでもある」

「なるほど……」

頷《うなず》いて、ジャスミンは訊いた。

「ちょっと気になるんだが、S級A級という階級と、重量級、軽量級という階級は別なのか？」

「別だぜ。新人枠はみんな軽量級だ。B級、A級は軽量級と中量級の二つがある。S級だけが重量級を取り入れてる。その中でも管制頭脳を積まないのが怪物級《モンスタークラス》だ。これに挑戦できる飛翔士《フライヤー》はS1級でも

ほんの一握りだ。ま、大きな機体で峡谷を飛ぶには
それなりの経験が必要ってことだな」

「その反面、Ｓ１級になっても軽量級で飛び続ける飛翔士《フライヤー》もいるんだな？」

「そうさ。敏捷性《びんしょうせい》を極めた極致にいる連中だから
怪物級を得意とする奴らとはまた一味違うぜ」

ガストーネは笑って、端末に他の機体を表示した。

「新人枠でもＳ１級でも軽量級の機体は変わらねえ。Ｆ24の他っていうとＢ17ビートル、Ｚ33ゼファー、Ｃ４クライン、Ａ11エアなんかが主流だな」

「どれが速い？」

ガストーネは、にやりと笑った。

「そいつは整備士と飛翔士《フライヤー》の腕次第ってやつだが、おめえ、ＳＷ18の反応の遅さを気にしてただろう。この階級に参戦できる機体の中では、こいつが一番反応がいいのさ。明日からさっそく調整に入るぜ」

「乗り気になってくれたのはありがたいが、機体はどこで手に入れるんだ？」

「はん？」

「操縦する人間が自分で用意するものだと聞いたが、入手のあてがあるのか？」

ガストーネはおもしろそうに笑って言った。

「おめえ、見事に何も知らないんだな。新人枠には一定期間、協会側が無料で提供してくれるんだよ」

つまりは新人育成のためだ。

観客の前で実際に飛んでみないことには実力など判断できないから、新人にも機会《チャンス》を与える。

機体が無料で提供されるのは半年間。

それだけ飛んでみれば実力の差もはっきりする。

有望そうな選手にはあっという間に出資者《スポンサー》がつき、機体の心配などしなくてもよくなる。

反対に成績の振るわない新人選手は高価な機体を自力で用意できるはずもなく、必然的に競走界から身を引かざるを得なくなる。どこまでも実力主義の厳しい世界だが、ジャスミンは他の部分で驚いた。

眼を丸くして尋ねていた。

「つまり峡谷競走協会《キャニオンレース》は、いつ、何を求めて訪ねてくるかわからない新人のために、常に多数の機体を取りそろえているわけか？」

「そうよ。軽量級ばかりとはいえ全種類。いつでも使えるように準備万端整えてだ」

「そんなことをしたら、普段は使っていない機体で飛行場がいっぱいにならないか？」

「もちろんなってるさ。それも一つや二つの飛行場じゃねえ。今は卒業時期《シーズン》じゃないが、他から移ってくる連中のために最低限の数は揃《そろ》えてあるからな」

ジャスミンは大きなため息を吐いた。

「それを常に整備して飛べる状態にしてあるとは、峡谷競走《キャニオンレース》というのはよっぽど儲かるんだな……」

「あたぼうよ。ブッカラの経済に大いに貢献《こうけん》してる。——あとは、そうさな、名前がいるな」

「なまえ？」

ジャスミンには意味がわからなかった。

きょとんと問い返した。


「どういう意味だ？」

「出走時のおめえの名前だよ。まさかジャスミン・クーアなんて名前で出るわけにいかねえだろう」

「いけないのか？」

「まあ、ある意味、悪目立ちするのは間違いないが、飛翔士《フライヤー》はほとんど出走者名《レーシングネーム》で呼ばれてるからな」

そう言ってガストーネは選手一覧《リスト》を見せてくれた。

顔写真と経歴、そしてもちろん名前が載っている。

ざっと眼を通して見たが、大きく取り上げられているのはやはりS級の飛翔士《フライヤー》である。

主な注目選手を上げると、ダイナマイトジョー、メタルガイ、シルバーウッズ、サムソンブレード、マーヴェラスクープ、ライオネルボンバー、マックダガー、ハンマーレオ、キャノンボールケン等々。

ジャスミンはどうにも微妙な表情で首を捻《ひね》った。

「……やたらと恥ずかしい名前が並んでいるように見えるのは気のせいか？」

「馬鹿野郎、こんなものはな、印象《インパクト》が肝心なんだ。

プリンセスモニカ、フェアリーメイ、ドリーミンキャッスル、シャーリーフローラ、キスミーチェン、ジョイフルドーリー、キティフレンド等々。

ジャスミンは呆《あき》れると同時に冷静に呟《つぶや》いていた。

「こんなに張り切った名前を付けたところで、どう贔屓目に見てもわたしは可愛くはないと思うぞ」

「そう悲観したもんでもねえ。黙って座っていれば知らない人間なら騙《だま》せるだろうぜ。だからせいぜい猫を被ってにっこり笑ってろ」

「努力はしよう」

「そうすると、あと残る問題は……」

椅子に座っていても迫力満点のジャスミンを見て、ガストーネは苦い息を吐いた。

「正直、こんなでかい荷物をF24に乗せるのは気が引けるってことだな……。かわいそうに」

これはもちろん、こんな重い荷物を積み込まれる飛翔機《フライヤー》がかわいそうという意味である。

ジャスミンも頷いた。

名前くらいでごちゃごちゃ言うんじゃねえや」

「ごちゃごちゃは言ってないぞ。わたしは飛べればなんでもいい」

「ようし、そういうことなら俺に任せとけ。うんと可愛い名前をつけてやるからよ」

「かわいい？」

「そうさ。フィンレイ渓谷じゃ女の飛翔士《フライヤー》は珍しい。それだけでも注目の的だ。そこにやたらと女らしい可愛らしい名前をつけてやりゃあ、観客は場違いな姉ちゃんが出てきたと思うだろうぜ」

自分が最初はそう思ったように。

男の飛翔士《フライヤー》がこぞって勇ましい名前を付けるのは少しでも自分を強く見せようとするからだが、この女の場合は逆を行ったほうがいい。

「だいたい女の飛翔士《フライヤー》は可愛い名前が多いからな。——ほれ」

そういって、今度は他の地域で活躍している女性飛翔士《フライヤー》の一覧《リスト》を見せてくれた。

「わたしもそう思う。軽量級というからには、本来もっと軽い飛翔士《フライヤー》が乗るものなんだろう？」

「荷物の重さじゃねえ。機体の重さをいうんだが、それにしたって荷物は軽いにこしたことはねえんだ。──おめえの体重は？」

「九十キロくらいかな？」

ガストーネはますます苦い顔になった。

「話にならねえな。全飛翔士《フライヤー》の中で最重量格だぜ。男でもてめえより重いのはいないはずだ」

「自分ではそんなに重いつもりはないんだがな」

これはジャスミンの本心だった。

同性の中では体重があるが、その分身長もあるし、（そもそも同じ身長の女性が滅多にいないのだが）特に身体が重いと感じたことはない。大柄な人間は敏捷性と持久力に欠けると言われるが、その割には身軽に動けるつもりだし、簡単にばてることもない。

ガストーネは少し酔いが回ってきたようだった。

何やら妙な笑い方をしてジャスミンを見た。

「いっそのこと、その邪魔くさいミサイルだけでもとっぱらっちまえばいいんだ。そうすりゃあ少しは軽くなるんじゃねえか」

その視線から察するに、ジャスミンの胸のことを言っているらしい。

「おめえみてえな女にそんなでっかい乳だの尻だの、あるだけ無駄ってもんだぜ。どうせガキを産む予定なんざねえんだろうが」

ほとんどの女性なら『性的いやがらせ』と感じて腹を立てるか不快に感じる発言だが、ジャスミンは怒らなかった。真面目に頷いた。

「確かにな。この後子どもを産む予定はないんだが、とっぱらってしまうとたぶん夫が残念がるからな」

ガストーネはものの見事に椅子から転がり落ちた。

その拍子に腰を打ち付けたらしい。

しばらくおかしな格好で床の上で身悶《みもだ》えていたが、やっとのことで身体を起こすと、すっとんきょうな声を張り上げた。

「亭主がいるのか⁉」

「いたら悪いみたいな言い方だな？」

「あったりまえだ！　おめえのどこをいじくったら亭主なんて言葉が出てくるんだ⁉」

ジャスミンは眼を丸くした。

「それはさすがに失敬だぞ、ガストーネ。わたしは現在進行形で立派な人妻だ」

ガストーネは開いた口が塞《ふさ》がらない体だった。

身体の大きさはまだしも、この態度、この性格で結婚していると思えというほうが無茶だ。

片手で額《ひたい》を覆《おお》って呻《うめ》いた。

「世の中には物好きが多いってことも、蓼《たで》食う虫も好きずきってのも、わかっているつもりでいたがよ。よくもまあ……」

こんなとんでもない女を女房に持ちたがる男など想像もできない。

いや、ひょっとして、女に踏まれたり殴られたりするのが好きだという変人の類《たぐい》かもしれないとまで、ガストーネは勘繰った。

それなら納得できる。というより、それしか納得できなかったので、恐いもの知りたさで訊いてみた。

「……まさかと思うが、おめえ、亭主もぶん殴って気絶させたんじゃねえだろうな？」

ジャスミンは真顔で身を乗り出した。

「それがな、あれは頑丈な男でな。殴り倒すまでは結構行くんだが、なかなか昏倒《こんとう》させられないんだ。すぐに起きあがってくる」

「やっぱり殴られ好きの変態か⁉」

ガストーネはさらにすっとんきょうな声で叫び、ジャスミンは今度は露骨《ろこつ》に顔をしかめた。

「どこまでも失敬な奴だな。わたしの夫は共和宇宙一の船乗りで、ついでに宇宙一いい男だぞ」

ここまで堂々と惚気《のろけ》られると、話を振ったほうが馬鹿馬鹿しくなってくる。

酔いが覚めてしまったガストーネは、やけくそでもう一杯呷《あお》った。

「……で？　その亭主はどこにいるんだ？」

「今は別行動だ。わたしにはわたしの仕事があるし、向こうにも向こうの仕事があるからな」

ジャスミンは笑って酒杯を口に持っていった。

この飲みっぷりにしても相当なものだ。

ミンダリアの地酒は決して軽くはないはずなのに、平気な顔で飲み続けている。それどころか既に一本空にしてしまい、新たな一本を注文している。

このままでは飛翔士《フライヤー》の酒漬けができあがりそうだ。

「……その辺でやめとけ。アルコール反応が出たら飛行許可は降りないんだぞ」

「問題ない。この程度の量なら夜までに抜ける」

つくづく、こんな女を妻に持つ物好きな男の顔が見てみたいもんだと思いながら、ガストーネはもう一杯呷った。

「……そう願うぜ」

ブラケリマの峡谷競走《キャニオンレース》が開幕したことはエルナト宙域を跳ぶ宇宙船の間でも話題になっていた。

長い航海においては退屈が意外な強敵となる。

当然、退屈を解消するための娯楽が重要になる。

高速でブラケリマに向かう《ピグマリオンⅡ》の船内でもこの話題が持ち上がっていた。

「そういや、峡谷競走《キャニオンレース》が始まってるな」

航宙士のジャンクは賭け事が好きだ。

ブラケリマに立ち寄ると必ず峡谷競走《キャニオンレース》にいくらか突っ込んでいる。操縦士のトランクも同様なので、ジャンクを促した。

「情報を受信してみろよ。こっちにも回してくれ」

「わかってるって」

二人とは対照的に、機関士のタキと船長のダンは賭け事は滅多にやらない。

彼らはもっぱらトランクとジャンクが競走結果に一喜一憂する様子を見物して娯楽にしている。

最年長者のタキは今も二人をからかった。

「よくやるもんだ。さんざん擦《す》ってるくせに、まだ買うのかよ？」

「うっせえ。これからブラケリマに降りるってのに無視するわけにはいかねえんだよ」

「そうともよ。知らない間柄ってわけじゃねえんだ。挨拶《あいさつ》代わりみたいなもんさ」

トランクの言うとおりだった。

今回の輸送はたまたま他の業界からの依頼によるものだったが、《ピグマリオンⅡ》がブラケリマへ赴《おもむ》く時は、依頼の半分は競走《レース》絡みなのだ。

「おっ、来たぞ」

普通の船には出せない速度で向かっているものの、ブラケリマはまだ遠い。受信に時間が掛かる。

一度受信してしまえば船内端末で閲覧可能だから、ジャンクはさっそく贔屓の選手の最新情報を見始め、トランクはもっと広範囲の選手を調べ始めた。

文字の羅列《られつ》だけの情報である。音声は流れない。

ここは娯楽室ではなく操縦室だからだ。

船長のダンは賭博《とばく》はやらないが、乗組員の娯楽は認めている。

仕事をきちんとこなしていれば気晴らしも大いに結構だと思っている。

それでも操縦室に番組放送の音声が氾濫《はんらん》するのは万が一の時に障害になりかねないのだ。

もっとも、選手の情報を見ている二人がいちいち真剣に唸《うな》って予想を立てるので、うるさいことには変わりない。

タキが苦笑しながらダンに話し掛けた。

「あれだけ大損させられてるのに、まだ懲《こ》りない。博打《ばくち》ってのは恐いねえ……」

「同感だな」

ダンも苦笑混じりに答えた時だった。

トランクが大きな驚きの声を張り上げて、後ろのジャンクに話し掛けた。

「おい、B3級を見てみろよ、すごいのがいるぜ！　二日で新人枠を片づけてきたってよ」

「二日で？　まさか」

ジャンクは眼を剝き、慌てて端末を操作した。

「よそで飛んでたとしても最低一ヶ月はかかるぜ。——って、ええ？　百九十一センチ、九十キロ⁉　嘘《うそ》だろおい！　飛翔士《フライヤー》の身体じゃねえぞ！」

「おまけに女だぜ！」

「冗談！　女の身体でもねえよ！」

眼を剝いている二人を、タキがひやかした。

「そりゃあ案外、性転換した男かもしれんぞ」

「馬鹿言ってんじゃねえよ。男女別枠とは違うんだ。だいたいこうでかくっちゃあ性転換する意味がない。記載間違いじゃないのか、これ？」

「選手情報をか？　田舎《いなか》の小さな競走《レース》じゃないんだ。峡谷競走《キャニオンレース》がそんな不手際をやるかよ」

ジャンクとトランクが首を捻っているその横では船長のダンがものすごく妙な顔になっていた。

努めて何気ない口調で問いかけた。

「その女、地元の人間か？」

「いや、出身地不明になってる」

タキが納得したように頷いた。

「……ってことは他星生まれだな。ブッカラの連中、外国人には全然興味を示さないからな」

ブラケリマの人々は同じ惑星《ブラケリマ》の中のどの地域の生まれかに非常にこだわる。地元意識が強いのだ。

従って外国生まれだと『何だ、この星の人間じゃないのか』ということになり『詳しい出身地なんかどうでもいい』ということになる。

他星出身の飛翔士《フライヤー》は一人もいないわけではないが、珍しいのも確かだ。

タキも興味を持った口調で問いかけた。

「峡谷以前の経歴は？　他の地域で飛んでたんなら記載されるはずだろう」

「それが載ってないんだよ。役に立たねえな！」

ジャンクが苛立たしげに舌打ちした。

この通信は短縮版なので顔写真は載っていない。

経歴の他に身長、体重が表示されているだけだが、他に詳しく記されていることがある。

トランクがあらためて驚きの声を上げた。

「機体はF24。主任整備士がガストーネだぜ」

「あの偏屈《へんくつ》じいさんか？」

「ははあ、それで新人離れして速いんだな」

三年前まで峡谷でその名を知らないものはないと言われた名整備士は彼らもよく知っている。

「けど、じいさんが競走から足を洗って三年だろう。強豪チームならまだしも、何で今さらこんな新人の機をいじる気になったんだ？」

「いや、乗り手が女だっていうんなら、案外、女の色気に迷ったのかもしれんぞ」

タキのこの言葉はもちろん冗談である。

ジュゼッペ・ガストーネは見込みのない飛翔士《フライヤー》の機体には触ろうともしない整備士だからだ。

トランクもジャンクもこの『謎の新人』が非常に気になったようで、船長にお伺《うかが》いを立ててきた。

「ちょっと現地の放送を受信してもいいか？」

「今のところ船も安定してるしな。もちろん最優先通信枠は開けとくから」

ダンはちょっと迷う様子を見せた。

ただし、仲間たちが考えたのとは全然別の意味の迷いだった。考えても埒《らち》はあかない。実際に自分の眼で確認するしかないと結論づけて許可を出した。

「そうだな、見たほうが早いだろう」

ジャンクはこれ幸いとばかり受信に取りかかった。

中継衛星が多数設置されているので、宇宙空間で受信する場合でもそれほどの時差は生じないのだが、やはり地上よりは時間が掛かる。

ダンは密かな緊張を抱いて映像が来るのを待った。

ジャンクもトランクも受信に気を取られていたが、タキだけは船長の様子に目ざとく気づいた。

「気になるのか？」

「少しな。百九十一センチ、九十キロは大きすぎる。普通なら飛翔士《フライヤー》にはなれない体格だ」

「確かにな。それで速いっていうのが信じられんが、あの偏屈が手を貸してる。見込みのない奴に肩入れするようなじいさんじゃない」

二人とも投票券は買わないが、峡谷との関わりが深いのでこの程度の知識は常識として持っている。

競走時期《レースシーズン》になると、峡谷は国内外に向けて多数の放送を発信する。ちょうど運良くその番組の一つで、この新人のことを取り上げているところだった。

《ピグマリオンⅡ》の操縦室は一時的にお茶の間と化し、乗員はみんな熱心に放送に見入ったのである。

「二日で十勝の勝ち星と聞けば、誰もが他の地域で経験《キャリア》を積んだのだと思うでしょう。しかし、彼女は一週間前まで飛翔機《フライヤー》に乗ったこともなかった。実技試験を受けたわずか三日後に初勝利ですからね」

「はい。正真正銘の新人枠をたった二日で卒業してしまったのですから、まさに驚異ですよ」

二人の解説者が話している背景には機首の部分に赤い蝶《ちょう》を描いた白い機体が映っている。

「参考までに女性飛翔士《フライヤー》の最短記録はアニーラヴの五ヶ月と二週間です。この時も話題になりましたが、かのダイナマイトジョーでさえ三ヶ月と一週間です。それを考えると大変なことですね」

「そもそも一日に五回も飛んだこと自体が異常です。普通は多くても二回ですからね。しかも五回飛んで五勝。翌日も五回飛んで五勝です」

「飛翔機《フライヤー》に乗るのが今期初めてということは、訓練学校を出たばかりの新人枠と条件は同じなわけです。峡谷を飛び始めたばかりの彼女にこれだけ勝ち星を許すとは今の新人枠はそんなに質が劣るのかという意見も聞かれましたが、これは他の選手がちょっと気の毒です。彼女は他の新人とは違いますからね」

「はい。まさに最速でB級まで駆け上がりましたが、問題はここからですよ。マイナー級とは言え、長年競走界で生きてきた飛翔士《フライヤー》たちがひしめいています。さすがに新人枠のようにはいかないはずです」

「そのとおり。新人枠では大変な記録を打ち立てた彼女がどこまでやれるか見物です。峡谷競走《キャニオンレース》の長い歴史の中でも、飛翔機《フライヤー》に乗りたての新人が昇級して最初の競走《レース》で勝った例は一度もありません」

「お客さんもそれをよく知っていますからね。現在、予想配当《オッズ》は五十八倍です。——この数字はどう判断するべきでしょうね」

「普通昇級したばかりの新人は百倍以上ですからね。さすがに峡谷を知り尽くしたお客さんは眼が肥えているると思いますよ。これは普通の新人とはちょっと違うみたいだという期待感と、峡谷競走《キャニオンレース》はそこまで甘くはないぞという疑念の両方でしょう」

「果たして単なるビギナーズ・ラックで終わるのか、それとも赤い旋風を巻き起こせるのか！　いやあ、楽しみですねえ」

「——以上、この時間は話題の大型新人『パピヨンルージュ』を中心にお伝えしました」

番組の最後になって、真っ赤な髪を長く垂らした女性の上半身像が画面に映った。

訓練学校を出たばかりの新人ならまだ十代だが、この顔は二十代の後半に見える。化粧気はないが、顔立ち自体は意外に整っている。

トランクもジャンクも揃って感想を洩らした。

「九十キロもあるようには見えないな？」

「ああ、見た目は普通の女だぜ」

（それは違う……）

心の中で呟いたダンは何とか嘆息を堪《こら》えたものの、思わず片手を額にやっていた。

しばらく眉間《みけん》にしわを寄せて何か考えていたが、意を決して顔を上げると、おもむろに外線用の通信端末に向き直った。

ここでもタキが船長の動きに目ざとく気づいた。

「何をしてるんだ？」

「現金化可能な口座を調べてるのさ。投票券は確か現金を送金しなければ買えない決まりだろう」

「へえ、珍しいじゃないか。投票券を買うのか？」

「もちろん買うとも」

きっぱりとダンは断言し、その様子に乗員三人はぽかんとなった。

ダン・マクスウェルは堅実な人間である。

乗組員が賭け事に興じても、彼はもっぱら観戦に徹しており、まず参加したことはない。

「なんだなんだ。遅まきながらうちの船長もやっと競走の醍醐味がわかったのかよ？」

「いいことだぜ。――で、どれを買うんだ？」

「パピヨンルージュ一点買いだ」

「今の新人？」

「そりゃまた冒険するもんだ。あんたも意外に女に弱いってことか？」

トランクとジャンクは、そんなにあの新人が気に入ったかと船長をひやかし、タキも苦笑していたが、だんだん三人の表情が強《こわ》ばってきた。

はっきり言って笑い事ではすまなくなった。

なぜなら堅実なはずの船長が「今は口座にいくら金があったかな……」と呟きながら、この数年分の稼ぎを（ちなみに《ピグマリオンⅡ》は辺境最速の輸送船として高額の料金を取っている。その船長の年収は一流企業の社長に迫るくらいである）次から次へと現金化しているのである。

ついに期限付き口座まで途中解約するに至っては、さすがに黙って見ているわけにはいかなくなった。

中古とはいえ優に宇宙船が一隻買えるだけの額を、峡谷競走《キャニオンレース》の一点買いにつぎ込もうというのだから、三人とも血相を変えて船長を止めたのである。

「ちょっと待て！　ダン！」

「落ち着け！　いいか落ち着けよ！」

「わかってるのか！　これは博打だぞ！　負けたらすっからかんになるんだぞ！」

航宙士の悲鳴を船長は笑い飛ばした。

「博打好きにそんな正論を吐かれるとは意外だな。俺が稼いだ金だぞ。好きに使わせろよ」

「限度ってものがあるだろうが！」

「どうしてだ。おまえがいつも言うことじゃないか。今度のは絶対間違いない、確実な競走《レース》だって」

「あのなあ！　確実じゃないから博打なんだぜ⁉」

ますます博打好きが正論を吐いている。

その様子がおかしくてダンは声を立てて笑ったが、操縦士と機関士は船長の体調を本気で案じたらしい。

何やら薄気味の悪いものを見るような眼つきで、船長を窺《うかが》った。

「ダン。念のために訊くが、気は確かか？」

「どっかに頭をぶつけたんじゃないだろうな？」

「もちろん。頭をぶつけてもいないし、変なものを食ったわけでもないさ。至って正気だ」

「とてもそうは見えねえぞ」

まったく頭がおかしくなったとしか思えないから止めたのだが、ダンは余裕だった。

眼に笑いさえ浮かべて（ただし、どうにも複雑な苦笑混じりの笑いだったが）仲間たちを見渡した。

「俺は博打は好きじゃないが、勝ち目のある勝負に金を賭けないのもばかばかしい。確実に五十八倍になるのがわかってるんだからな」


フィンレイ渓谷は週末を迎えていた。

季節外《シーズンオフ》れになると人っ子一人見あたらない不毛の大地も、今は寂寥感《せきりょうかん》とは無縁である。

どの競技路も大勢の観客で賑《にぎ》わっている。

その中でも観客の注目を集めるのはやはりS級、A級の競走《レース》だ。

競技路によっては早い時間にB級が飛び、その後、A級、S級の競走が行われることもある。そういう場合は時間が経つに従って人が集まってくる。

観客にとってB級競走はあくまで前座に過ぎないからだが、南東SE5競技路《コース》第一競走《レース》B3級だけはちょっと様子が違っていた。

この階級とは思えないほど投票券が売れ、関心も高まっていた。それを証明するように終着点《ゴール》近くの会場にはかなりの人が集まり、中継まで入っている。

峡谷では普通B3級競走《レース》の中継放送などしないが、今日ばかりは例外である。

解説者が今日の天候と風向き、風速を読み上げて、第一競走の顔ぶれを紹介した。

「出走機は一番マイティグース、二番ラッキーベア、三番ジャックトマホーク、四番エルヴィスダイナモ、五番タンクエイドリアン、六番ヒューブリリアント、七番ネオスパーク、そして八番パピヨンルージュ。

——さあ、全機、離陸《テイクオフ》！」

八機の飛翔機《フライヤー》がいっせいに空に舞い上がった。

しかし、これはまだ出走《スタート》ではない。

「旋回開始！」

よく晴れた空に八機の機体がきれいな弧を描いて旋回する。電光掲示板の時計表示に合わせて全機がいっせいに谷間に突っ込んでいく。

この時計が0を指す瞬間に海抜二千メートル線を切らなくてはならない。それが峡谷競走《キャニオンレース》の出走《スタート》だ。

この瞬間だけはどの飛翔士《フライヤー》も緊張する。

それ以上に観客は手に汗を握る。

フライングは即失格、投票券は払い戻しだからだ。

無謀に見えるこんな突入も、まともな管制頭脳が積んであれば操縦者は何も緊張する必要はない。

機が勝手に安全な角度と速度で突入してくれるが、飛翔機《フライヤー》はそんなに甘い乗り物ではない。

飛翔士《フライヤー》は自力で時計の動きに機を合わせる。

自らの操縦能力で0.1秒を競うのである。

この突入にも厳密な規定がある。

空中を飛ぶ飛翔機《フライヤー》には当たり前だが、車と違って地上という支えがない。複数の機が上下に重なって出走することになりかねないが、出走の瞬間を撮影する都合上、機体が重なっていては具合が悪い。

従って出走だけは横一線と決められている。

時計の数字が小さくなるに従って八機の飛翔機《フライヤー》が揃って急降下、谷間に突入した。

「あぁーっと！　一機出遅れた！　八番！　話題のパピヨンルージュ！　最後尾からのスタートです！これは苦しい！　苦しいB級初戦になりました！」

終着点《ゴール》近くの会場が大きくどよめいた。

この会場だけではない。恐らくフィンレイ渓谷の至るところで『やっぱりまだ無理だったか』という嘆息と『八番を買っちまったのに！』という絶望の呻き声が聞かれたに違いない。

ブラケリマから十数万キロメートル離れた宙域を航行中の《ピグマリオンⅡ》の船内でも、恐ろしく耳障りな野太い悲鳴が響き渡っていた。

船長があまりにも自信満々に大金を投じたので、他の三人も半信半疑ながら八番を買ったのである。

中でもジャンクは頭を抱えて絶叫した。

「勘弁《かんべん》してくれーっ‼」

今月分の給料のほとんどを突っ込んでいるだけに、まさしく魂の叫びだった。

あれから八番パピヨンルージュは意外に買われて出走前には予想配当《オッズ》四十六倍にまで下がっていたが、どのみち人気は最下位に違いない。

だからこそ当たれば大きいわけだが、トランクもタキも顔色を変えてダンを窺った。

そのダンだけは落ち着き払っている。

「わざと遅れたな」

「何だってえ⁉」

「B3級とは言え、それなりに競走で飯を食ってる連中だ。後ろから様子を見るつもりなんだろう」

「馬鹿野郎！　何言ってんだ！　のんびり見てたら負けちまうんだぞ‼」

ジャンクの悲鳴はもっともだ。

それでなくても低空競走は出走《スタート》がものを言う。

先頭を取った機が圧倒的に有利であり、後ろから抜いて勝つのはかなり難しい競技なのだ。

「先頭はラッキーベア！　最高の出走を決めた！　二番手にマイティグース！　続いてネオスパーク！　さらにヒューブリリアント、タンクエイドリアン、ジャックトマホーク、エルヴィスダイナモと続いて、話題のパピヨンルージュは最後尾！　わずか二日で新人枠を上がった期待の新鋭も、さすがにこの位置からでは何もできないか！」

そんなはずはない。

娯楽室に収まったダンは微動だにせず、赤い蝶の印《マーク》を描いた白い機体を凝視していた。

飛翔機《フライヤー》は空中で停止することができない。

高速で飛びながら安定した体勢をつくらなくてはならない乗り物だ。

有重力飛行機には普通、操縦者が何もしなくても勝手に飛んでくれる自動操縦機能がある。

これがなくてはとてもとても危なくて空を飛べたものではないが、飛翔機《フライヤー》にだけはその機能がない。

だから、目前に岩肌が迫る度、谷幅が狭まる度に、普通の飛翔士《フライヤー》は必ず速度を落とす。

減速しないと機体を制御しきれなくなるからだ。

特にこのSE5は二十キロと距離も長く、途中は岩場と岩場の間隔が狭く、後半になると鋭角旋回《ターン》が連続して続いている。

最下級のB3級の飛翔士《フライヤー》にはかなり難易度の高い競技路なのである。

「パピヨンルージュ、依然として最後尾！　やはり動けない！　このまま終わってしまうのか！」

「うわああ……！」

ジャンクは早くも今月の悲惨な窮乏《きゅうぼう》生活を予感して絶望的な顔だったが、ダンは微笑していた。

動けないのではない。

まだ動こうとしないだけだ。

あの白い機体の操縦者にとって——彼女にとってこんな競技路は遊び場のようなものだ。

現に今も速度こそ抑えぎみだが、その動きは実に円滑《スムーズ》で無駄がない。

複雑に曲がりくねった競技路は機体の敏捷性と、その機体を駆る操縦者の技倆を最大限発揮できる。

やがて競走《レース》の中盤、他の飛翔士《フライヤー》が危険と判断して軒並み速度を落とす難所にさしかかった。

当然、最後尾の白い機もそれに従って減速すると観客は思っただろう。

「あーっと！　危ない！　パピヨンルージュこれは操作失敗《ミス》か！」

とんでもない。

ダンにはそれが手に取るようにわかっていた。

風防の外に岩肌が迫っても、激突寸前に見えても白い機の速度計は決して減速を指しはしない。それどころか逆に動いて加速する。

常識を超えた、普通なら曲がれないはずの速度で、鋭角旋回《ターン》に突っ込んでいく。

無茶や無謀でこんなことをやるわけではない。

F24は全長十五メートル、全幅十メートル、全高五メートル。その機体を通せるだけの隙間が――『幅』が彼女には見えるのだ。

空を飛んでいる不安定な乗り物を、その『幅』にきっちり乗せることができるのだ。

わずかでも角度がずれたら次の瞬間、すさまじい高速で岩壁に正面衝突する羽目になるのに、微塵《みじん》もそんな不安を感じさせせない。

出力を全開にして白い機体は誇らしげに飛翔し、空中に見事な線《ライン》を描いてきれいに旋回していく。

ダンは思わず感嘆の吐息を洩らしていた。

何度見てもすごい。

人の手で制御しているとはとても思えない。

決して乗り慣れた機ではないはずだ。

いつも組んでいる怪物《クインビー》とは比べものにならない、華奢《きゃしゃ》で非力な機体に過ぎないはずだ。

だが、彼女が操れば、ひ弱な小鳥《フィンチ》が猛禽《もうきん》に変わる。

先輩たちに従っておとなしく後ろを飛んでいると見せながら、実は楽しげに攻撃の機会を狙っていた白い小鳥は今まさにその本性を露《あら》わにした。

風を切り裂き、獲物を狙う鷹《たか》と化して前の七機に襲いかかったのである。

「来たーっ！　何と最後尾からパピヨンルージュ！赤い蝶がここで飛んできたあーっ!!」

前を行く七機は逃げられない。

目前に迫る岩壁を避けながらの旋回中である。

こんなところで進路の変更はできない。ましてや、加速して逃げることなど不可能だ。

あっという間の逆転劇だった。

端から見ていても、話にならないくらい他の機と動きが違う。明らかに旋回速度が違う。

一気に七機を抜き去った白い機体はさらに加速し、見る間に後続を引き離しに掛かった。

知らない者が見たら、この八機の能力が等しいと言われたところでとても納得できなかっただろう。

そのくらい徹底的に他の七機を置き去りにして、白い機体はそのまま終着点《ゴール》に飛び込んだのである。

後続に十秒以上の大差をつける圧倒的勝利だった。

会場は驚愕《きょうがく》と熱狂の渦《うず》に包まれた。

「信じられません！　これは――この記録は何と！　B級どころかS1級の最高記録《コースレコード》を上回っています！　あまりにも、あまりにも鮮烈な勝利を飾りました！　峡谷競走《キャニオンレース》に新星が誕生したのは間違いありません！　その名はパピヨン！　パピヨンルージュ‼」

興奮さめやらぬ実況の絶叫が延々と響き渡る中、ダンは軽く頷いていた。

「当然だろうな」

一着を取ったのも、最高記録を叩きだしたのも、彼女なら当たり前だ。

ダンはこの結果を知っていたので驚かなかったが、他の顔ぶれはそうはいかない。

呆気にとられて中継に魅入っていた。

何が起きたのか、まだ信じられない顔だった。

「……何と……」

「勝った……のか？」

「――じゃ、じゃ、じゃあ……四十六倍‼」

狂喜乱舞する乗員を乗せて《ピグマリオンⅡ》は惑星ブラケリマに接近していった。

6

階級《ランク》入りした飛翔士《フライヤー》が昇級する場合、新人枠とは少し条件が異なっている。

勝ち星を上げなくてはならないのはもちろんだが、十勝したからといって昇級できるわけではない。

階級の移動は競走季節《シーズン》が終わった後だ。

一季節《シーズン》を通して成績上位だった飛翔士《フライヤー》は昇級し、逆に振るわなかった飛翔士は降級される仕組みだ。

つまり、季節中の昇級は普通はあり得ない。

だが、ガストーネが言ったように峡谷競走《キャニオンレース》は金を賭ける娯楽である。

なぜ階級があるかと言えば、実力が拮抗《きっこう》している選手同士で競わせたほうがいい勝負になるからだ。

S1級の選手とB3級の選手では勝負にならない。

そのくらいは素人《しろうと》にもわかることである。

ここで問題になるのが、以前は他の地域でS級で飛んでいた飛翔士《フライヤー》がいる場合だ。

峡谷競走《キャニオンレース》はブラケリマの低空競走の頂点に位置し、他の地域のS1級は峡谷のB1級と、地元の観客は揶揄《やゆ》しているほどだが、他からやってきた飛翔士《フライヤー》が地元のB級選手より明らかに実力が上ならば、その選手を下の階級に置いておく意味がない。

観客にしたところで、実力の違いすぎる競走では見ていてつまらないし、誰も投票券を買わない。

そこで、できるだけ実力差を少なくする目的で、昇級に関して唯一の例外が設けられている。

どの競技路にも階級別の最高記録があるのだが、その最高記録を更新すること。

それを十カ所の競技路で成し遂げること。

この偉業を達成した者に限り、季節《シーズン》途中の昇級を認めるとされている。

ジャスミンは拍子抜けしたように言ったものだ。

「どんな厳しい条件かと思えば、要は新人枠の時と一緒だな。今度は単に勝つのではなく十回連続して最高記録《コースレコード》を出せばいい。そういうことだろう？」

ほとんどげんなりとガストーネは言い返した。

「二つ間違ってるぜ。一つは別に連続してなくてもいい。季節《シーズン》中に達成できればいいんだ。もう一つはそれができた奴はな、峡谷競走《キャニオンレース》の長い歴史の中でもただの一人もいねえってことだ」

「そうなのか？」

「そうさ。わからねえか？　この条件は何も他から来た飛翔士《フライヤー》にだけ適用されるわけじゃねえ。地元の奴だって成績次第で臨時昇級できる理屈になる」

「それなのに未だに誰も達成できない？」

「おうよ。峡谷を舐《な》めるなよ。ここの競技路はそのくらい場所によって性格が違う。かなりの凄腕でも二カ所、三カ所くらがせいぜいさ。惜しかったのがダイナマイトジョーの奴だ。奴がA２級の時だった。八カ所の競技路で最高記録を更新したが、それでも二つ届かなかった」

ちなみにダイナマイトジョーは現在の峡谷S１級最強といわれる飛翔士《フライヤー》である。

そのくらい道は険《けわ》しいと忠告したつもりだったが、ジャスミンは冷静に問い返した。

「それはダイナマイトジョーの実力か？　それとも何かの作為が働いたのか？」

ガストーネは苦笑して首を振った。

「作為とまで言ったら気の毒だがな。協会としてもそう簡単に型破りをされちゃ困ると思ったんだろう。A級競走《レース》になると、どこを飛ぶかは協会が斡旋《あっせん》する。そこでだ、奴があんまり得意じゃない競技路ばかり出場させるようにした。見ようによっちゃあ意地の悪い仕打ちかもしれないが、協会の言い分にも一理ある。苦手な競技路を攻略してこその特例だってな。俺もそっちの意見に賛成だ」

「わたしもだ」

ジャスミンは頷《うなず》いて、確認した。

「今ならまだ自分で競技路を選べるんだな？」

「そりゃまあ、出走枠が空いていればな。けどよ、その選別はどうする？　おめえ、峡谷を飛び始めたばかりだろう。自分で得手不得手がわかるのか」

「そんな選り好みはしていられないからな。任せる。一日で回れる競技路を五カ所選んで二日分の予定を組んでくれ。来週には昇級する」

無茶を言いやがるとガストーネは思った。

飛翔機《フライヤー》は一回飛んだら整備しなければならないし、飛翔士《フライヤー》も出走ごとの薬物検査が義務づけられている。

この女は新人枠も一日で十回飛ぼうとしたのだが、出走枠の関係で物理的に不可能だったのだ。

やむなく半分に減らしたところで、忙《せわ》しい状況はさして変わらない。一つの競走《レース》を飛んだ後の選手が競技路を移動する際は専用機を使わなくてはならず、部外者との接触はいっさい禁止、移動先の競技場で再び身体検査を受けなくてはならないなど、細かい規定が決められているからだ。

一日に五回も競技路《コース》を移動して、なおかつ競走《レース》で最高記録を出すなんて、どう考えても無理があるが、言ったところでこの女が聞くはずもない。

やれやれと思いながら、ガストーネは出走日程《スケジュール》を組んでやったのである。

そして週末、ジャスミンは見事にSE5競技路で最高記録を更新してみせたのだ。

この時、主任整備士のガストーネは当たり前だが、離陸地点にいた。手塩に掛けたF24が飛び立つのを見送った後、結果を知らせる表示板を見て、自分の手がけた機の記録を知った。

我が眼を疑った。その数字が何を意味するのか、最初は理解できなかった。

呆気《あっけ》にとられてまじまじと表示板を眺《なが》めた髭面《ひげづら》が、やがてくしゃりと緩む。

「あんのやろう、やってくれやがった……」

今までこの競技路を飛んだ他の誰よりも、自分の整備した機体が速く飛んで一着を取ったのだ。

整備士にとってこれほど嬉しいことはない。

あの女の実力は横に乗って（乗せられて）飛んだ時にいやというほどわかっているつもりだったが、まさかここまでとは予想していなかった。

最高記録の更新とは、あくまでその階級の記録のことだというのに、あの女はB級A級をすっ飛ばし、S1級の最高記録を更新してしまったのである。

これが驚異の伝説の始まりだった。

パピヨンルージュはこの日のうちに他の四カ所の競技路で同じく歴代最高記録を叩き出した。

さらに翌日も朝から連続して記録更新である。

午後にはB3級にとんでもない飛翔士《フライヤー》が現れたと峡谷のあちこちで話題になっていた。

今まで誰も成し遂げたことのない偉業を外国人の女性飛翔士《フライヤー》が達成しようとしているのである。

当然ながらパピヨンルージュと同時出走になった飛翔士《フライヤー》たちは激しく闘志をみなぎらせていた。

普段は他の選手は競争相手だが、この時ばかりは全員がっちりと固く手を握り合った。

「このままじゃあ峡谷飛翔士《フライヤー》の面目丸つぶれだぞ！　パピヨンには何の恨みもないが……」

「いいや、いつまでも彼女一人にやられっぱなしでいられるもんかよ！」

「そうとも。眼の前でこんな記録を出されたんじゃ、俺たちの立つ瀬がない！」

「客にも愛想を尽かされるぜ！」

「いいな、全員でパピヨンを止めるぞ！」

と気炎を吐いたが、無駄だった。

彼女はいつも最後尾からやって来る。

競走《レース》の後半、赤い蝶《ちょう》が誰よりも速く飛んでくる。

あざやかな逆転劇に会場からは大歓声が上がり、同時に他の飛翔士《フライヤー》に対する野次と罵声《ばせい》が飛び交った。

「何やってんだ!!」

「やめちまえ！　下手《へた》くそめ！」

「相手は昨日今日乗り始めたばかりの新人だぞ！」

新人にいいようにあしらわれるのが不甲斐《ふがい》ないと

見えたのだろうが、それは彼らのせいではない。

B3級の飛翔士《フライヤー》がいくら必死になり、束になって掛かったところでかなう相手ではないということをこの段階ではまだ誰も知らなかったのだ。

パピヨンルージュはこの週末、十回飛んだ競走《レース》で十回とも歴代最高記録を叩き出したのである。

競走後の勝利者会見《インタビュー》で、パピヨンルージュ本人は、にこやかに笑って嬉しそうに答えた。

「記録は意識していませんでした。運がよかったと思っています。今日は天候もよくて、何より機体の状態が最高でした。整備士のガストーネ氏に本当に感謝しています」

そのガストーネ氏はいつにも増して恐ろしく妙な具合に顔をしかめて、ちらちらとパピヨンのほうを見ながら無愛想に答えた。

「こっちはこっちの仕事をしただけだぜ。飛翔機《フライヤー》を飛ばすのは飛翔士《フライヤー》だからな。そっちの手柄さ」

この結果を受けて、峡谷競走協会《キャニオンレース》は早速、異例の緊急会議を開いたのである。

外国人でも前例がなくても条件を満たしたのだ。

昇級させること自体は問題ない。

協会が真剣に議論したのは別の問題だった。

既に協会には一般市民からの問い合わせが殺到し、応対が間に合わないほどである。

その内容はほとんど同じだった。

「まさか、パピヨンルージュを馬鹿正直にB2級に上げるわけじゃないだろうな？」

「この二日の結果を見て、彼女にはS1級の実力があることがはっきりわかった」

「一日も早く彼女がS級選手と競うところが見たい。いつS級に上げるのか？」

こうした声が圧倒的多数を占めていたのである。

この市民の声を受けて、報道陣も峡谷競走協会《キャニオンレース》に取材を申し込んできている。

もしここで「規定は規定ですから彼女は来週からB2級に昇級します」などと言おうものなら協会は

競走《レース》好きの市民から一大ブーイングを食らうだろう。

それは避けたい――避けねばならない。投票券を買ってくれる客がいるからこその娯楽である。

峡谷競走《キャニオンレース》協会としても、これだけ飛べる飛翔士《フライヤー》をB級に在籍させておく理由がない。

何より、彼女をB級に置いておいたのでは競走《レース》が競走《レース》にならないのだ。

そこで前代未聞のことだが、パピヨンルージュは来週からA3級で飛ぶことが決定したと発表した。

しかも、かつてダイナマイトジョーに出したのと同じようにちょっと意地の悪い条件を付けた。

A級フリー枠（つまりA3級、A2級、A1級が混在して飛ぶ競走《レース》のことだ）しかも、今度はそこで中量級で飛んでもらうというのである。

協会の広報担当者はこの決定を報道陣に告げて、素知らぬ顔でつけ加えた。

「異例ではありますが、パピヨンルージュには少し早くA級選手の洗礼を受けてもらいます」

すかさず記者から鋭い質問が飛んだ。

「いきなりフリー枠の中量級に転向させてですか？　ずいぶん意図的な手痛い洗礼のようですが、これはパピヨンルージュに対するいやがらせと言われても仕方がないのではありませんか？」

「いやいや、とんでもない。もちろん彼女の実力を買ってのことですよ。パピヨンはこれまで敏捷性《びんしょうせい》がものを言う競技路ばかり飛んでいましたから、重い機体にも挑戦してもらおうと思ったまでです」

「それではお尋ねしますが、そのA級でも彼女が最高記録を更新して勝ち続けたらどうするんです？　今度はS級に昇級ですか？」

「それは気が早すぎますが、これだけは言えます。峡谷競走《キャニオンレース》協会は彼女の活躍に期待していると同時に、他のA級飛翔士《フライヤー》の活躍にも大いに期待しています」

いわば他の選手に発破《はっぱ》を掛けたわけである。

この決定を受けて、報道陣は他のA級選手たちにこぞって取材を申し込んだ。

「早いのは確かだね。すごい足だった」

「だけど、次からはそうはいかないはずさ。機体を乗り換えなきゃならないし、どの競技路を飛ぶかも直前まで伏せられるしね」

「何より、A級はB級とは次元が違うよ。おまけに今度はフリー枠だからね」

どの飛翔士《フライヤー》もはっきり口にはしなかったが、心は同じだ。外国人の女子選手にここまでしてやられたB級の連中を不甲斐なく思うと同時に、自分こそがあの赤い蝶を仕留めてやると決意を新たにしていた。

取材陣はパピヨンルージュの昇級に対する喜びの声も取りたがったが、彼女は取材には応じなかった。

いきなりA級に昇級し、しかも機体を乗り換える羽目になったのだ。まず肝心の機体選び、その調整、中量級用の競技路の攻略と、やることは山ほどある。

会見に応じている暇などないのだ。

峡谷競走《キャニオンレース》を知り尽くしている記者たちはその辺の事情はよくわかっていたが、それでも一言、本人の意見《コメント》が欲しいのは確かである。

すると、パピヨンルージュは文書で答えてきた。

「自分は与えられた条件で飛ぶだけです。来週また勝利者会見を受けられるように万全の状態を整えて、全力で臨むつもりです」

A級飛翔士《フライヤー》にとっては白手袋を叩きつけられたに等しい発言だった。

平日になると峡谷には静けさが戻る。

熱心な贔屓《ファン》が練習風景を見にやって来るくらいで競走当日の熱気とは比べものにならない。

ただ、飛翔機《フライヤー》の飛ぶ音だけが響いている。

ジャスミンも新しい機体で競技路に出ていた。

ある程度、競技路を選ぶことが出来た今までとは違う。次はどこを飛ぶことになるかわからないのだ。

時間を使える今のうちになるべく多くの競技路を体験しておかなくてはならなかった。

ジャスミンが乗っているのはヴェルガー社製B16。

愛称ブルーサンダー。S24に比べるとかなり大型だ。

その分、推進機関《エンジン》の出力《パワー》は桁違《けたちが》いと言っていい。

ごくわずかな直線にしても加速が違う。旋回時の衝撃も制御の難しさも比べものにならない。

軽量級機から乗り換えたばかりの飛翔士《フライヤー》はかなり面食らうだろうが、ジャスミンは実走時より遥《はる》かに勢いよく競技路を攻めていた。

地上からガストーネの声が入る。

「どうだ、調子は？」

「悪くはないが、軽すぎるな。欲を言えばもう少し馬力が欲しい。調整で何とかなるか？」

沈黙が返ってきた。

「……わかった。降りてきやがれ。別のにする」

「もう替えるのか？」

「出力全開のB16を軽いと言われちまったんじゃあ、替えるしかねえんだよ！」

大声で喚《わめ》いて、ガストーネは通信を切った。

中量級の機体に乗り替えると聞いたジャスミンはむしろほっとして言ったのである。

「小鳥《フィンチ》さんはよく飛んでくれるし、すばしこいのが可愛いんだが、いかんせん操縦席が狭苦しいからな。広くなってくれるならありがたい限りだ」

気の毒なのは峡谷競走協会《キャニオンレース》だろう。

自分たちの決定がまさか当のパピヨンルージュを喜ばせることになったとは思ってもいないはずだ。

飛翔機《フライヤー》は時速数百キロという速度で激しい運動をこなさなければならない乗り物だ。軽量級でさえ、自在に操るためには相当な体力が必要とされる。

機体が大きくなればなるほど速度も加速も増し、機が暴れるはめになる。こんなものを抑え込むには女子選手の場合どうしても体力が問題になる。

協会側もそれを知っているから重い機体はうまく扱えないはずと踏んだのだろうが、とんでもない。

B16は決して非力な機体ではないのに、それでももの足らないと言う。

確かに、並の男以上に大きな身体をしてはいるが、この女の体力は底なしだとガストーネは思った。

「重量級でも乗りこなしちまうかもしれねえな」

呟《つぶや》いたガストーネはすっぱりとB16を諦《あきら》め、他の機体で行くことにした。

ガストーネが拠点にしているこの格納庫には今、各社が持ち込んだ新型機がずらりと並んでいる。

話題の新鋭に自社機を提供したいと申し出てきた企業は引きも切らないから選び放題である。

その中には当然、ディアス社の中量級用飛翔機《フライヤー》も含まれていたのだが、ガストーネは何故かそれには近づこうとしなかった。

思案の末、ガストーネが選んだのはベニート社製B7。愛称ブラックホーク。

軽量級が敏捷性、重量級が力なら、中量級はその両方のよいところが求められる。B7はその条件をほぼ満たしていると言っていい優秀な機体だったが、難点は非常に操縦が難しいことだった。

機体の姿勢を変えるたびに出力を微妙に調整して、操作まで変えてやらないと、たちまち均衡《バランス》を崩して失速する。最悪の場合、錐揉《きりもみ》降下ということになる。

優秀な機なのだが、とにかく扱いにくいと評判で、今ではあまり使われることのない機体だった。

ベニート社にとってもB7は既に旧型機である。あれを持ってこいと言われて営業社員は仰天した。せっかく新型機を用意したのだ。こちらのほうが遥かに扱いやすいと熱心に勧めたが、ガストーネは食い下がる社員をほとんど怒鳴りつけるようにして、あえて旧型のB7を用意させたのである。

ベニート社の社員がはらはらしながら見守る前で、ジャスミンはB7の分厚い操作説明書《マニュアル》に眼を通すと、操縦席に乗り込んだ。

始動から離陸、さらに離陸後の上昇を見た社員が感嘆の声を上げる。

「きれいですねえ！　さすがだ」

普通、初めてB7に乗る飛翔士《フライヤー》はこうはいかない。

持ち上げるのがやっとのはずだが、ジャスミンは初めてとは思えない操縦を披露《ひろう》し、果敢に競技路を攻めて戻ってきた。

操縦席を降りてきたその顔が明るい。

「これはいい。よく動く。推進機関もよく吹いてる。引き起こし時に少し機体が暴れるのが気になるが、この程度なら充分いける」

「ようし、そいつは俺の仕事だ。これで行くぜ」

この決定にベニート社の営業社員が躍り上がって喜んだのは言うまでもない。

さっそく機体の塗装をすると申し出てきた。

パピヨンルージュの機体は今やトレードマークとなった白地に蝶の印を描いていなくてはならないが、ジャスミンは首を振った。

「すまないが、時間がない。日没までは練習したい。塗装は夜の間にお願いします」

ブラケリマ人は普通、日没後に仕事などしないが、相手は一も二もなく頷き、後で業者を連れて戻ると約束して去っていったのである。

その様子に苦笑してジャスミンは言ったものだ。

「この峡谷で人を働かせようと思ったら、飛翔士《フライヤー》になるのが一番手っ取り早いらしいな」

「ただの飛翔士《フライヤー》じゃ無理だろうぜ。有名な飛翔士だ。おめえは今や峡谷の新星だからな」

「いいや、だめだな。まだ足らない」

口調が急にひんやりしたようだった。

「すべての階級に眼を通す熱狂的な観客がいる反面、S1級の大競走《レース》しか見ない客もいるはずだからな」

「そりゃまあそうだ」

相づちを打ちながら、ガストーネはジャスミンの狙いは何なのかと思っていた。

生き別れた相棒を探していると言ったが、それが誰なのか、なぜ昇級を急ぐのかは訊《き》いたことがない。

自分が口を突っ込むことでもないとガストーネは思っていたので、苦笑いして話を変えた。

「おめえもな、あんまり喧嘩《けんか》を売るんじゃねえよ」

「わたしは何かしたか？」

「来週も勝利者会見を受けたいって奴さ。あれにはA級連中、かちんときてるだろうぜ」

ジャスミンは笑って言い返した。

「心外だな。競走《レース》は金の掛かった勝負ごとだろう。勝負ならわたしはいつだって勝ちに行くぞ。相手が誰であろうとだ」

これまたもっともな話なので、ガストーネは再び苦笑した。

「で？　A級もやっぱり二日で片づけるのか？」

「当然だ。——協会が飛ばせてくれれば、だがな」

この頃になると、ガストーネにもわかっていた。

この女にはとてつもない天賦《てんぷ》の才がある。

それ以上に、その才能に慢心することなく努力を惜しまないという本物の才能がある。

峡谷を知らない不利を女は充分に自覚していた。

できるやり方でその不備を補おうとしていた。

それも並大抵の努力ではない。

B級に上がる時もそうだったが、放っておいたら一日中F24に乗っていたに違いない。

何度燃料を補給してやったかわからないほどだ。

もちろん、ガストーネも一日中、機体の微調整につきあわされたのである。

「おめえと違ってこっちは年なんだから、ちっとは手加減しろよな……」

文句を言ってはいるが、調整するたびに手がけた機体が速くなるのだ。嬉しくないわけがない。

「——と、もうこんな時間か。飯はどうする？」

「先に行ってくれ。わたしはその間に回れる限りの競技路を飛んでみる」

「そうさな。具体的にどうしたいか決めといてくれ。燃料切れになる前に戻れよ」

「わかった」

ジャスミンは再びB7に乗り込んで離陸した。

このB7の操縦は確かに難しい。

始動から離陸、上昇まで実に細かい操作が必要で一瞬も気を抜けない。水平飛行に移行して、やっと一息つくことができるが、競技路に突入すればまた戦争のような忙しさだ。

一瞬の判断の遅れが大事故につながってしまう。

しかし、ジャスミンは楽しかった。

難しいには違いないが、クインビーをつくる前にいじったブラケリマの機体とは明らかに違う。

あの時は繊細な機体がへそを曲げないようにと、ひたすら気を使い、神経をすり減らしたものだ。

今はむしろ暴れたがる機体を上手にあやなして、本来の能力を存分に開放させてやる。

この機を飛ばすのに求められているのはそういう技巧であり、それは連邦七軍で魔法使いと呼ばれたジャスミンにとってまさに望むところだった。

気の荒い、なかなか人に慣れようとしない鷹《たか》だが、仲良くやれそうだと思った。

短い時間にせっせと多くの競技路を跳んでいたら、あっという間に燃料が残り少なくなってしまった。

競技路を攻めるのは普通に飛ぶより遥かに燃費が悪いのである。

仕方なく発着場に降り、機体を格納庫に戻したが、ガストーネはまだ食事から帰っていない。

操縦席を出たジャスミンは燃料だけでも補給しておこうとしたが、その背中に声が掛かった。

「パピヨン？」

こんなふうに呼ばれるのにもすっかり慣れたが、今のはこんなところで聞くのは意外な声だった。

振り返って微笑《びしょう》した。

「どうした？　マクスウェル船長」

ダンも呆《あき》れたように笑って言った。

「どうしたはこっちの台詞《せりふ》ですよ。いったいここで何をしてるんです？」

「そっちこそ何をしてる？　ここは関係者以外立ち入り禁止だぞ」

「ですから関係者ですよ。――差し入れです」

眼を丸くしたジャスミンにダンは笑って、大きな手提げ袋を掲げて見せた。

「昼時ですからね。それとも済ませましたか？」

「いや、食う。腹ぺこなんだ。──おまえは？」

「いただきますよ。そのつもりで持ってきました」

雑多な工具や競技路図が並んでいる机をちょっと片づけて一時的に食卓にする。

ダンが用意してきたのは地元の名物料理だった。

肉詰めのパイ、子羊の炙《あぶ》り焼き、野菜やチーズ、ベーコンをたっぷりと挟んだ大きなパンにピクルス。

こんな殺風景な場所で広げるのは申し訳ないほど豪勢な料理がずらりと並べられた。

朝から飛び続けているジャスミンの食欲は旺盛《おうせい》で、山盛りの弁当は見る間に減っていく。

ダンも腹を満たしながら、眼の前に止まっている飛翔機《フライヤー》に眼をやった。

「B7とは驚いた。次はこれに乗るんですか？」

「ああ。古い型の機だそうだが、知ってるのか？」

「もちろん。昔運んだことがあります」

さすがにジャスミンが食べる手を止めた。

「おまえが運んだ？」

「そうですよ」

ダンはジャスミンを見つめて笑った。

「関係者に聞いてもらえればすぐにわかったのに。わたしはこれでもブラケリマでは顔が利くんです。峡谷関係の仕事は何度も引き受けていますからね。現に今も顔で入って来たんですよ」

ジャスミンも楽しげに笑った。

「辺境最速の《ピグマリオンII》。失念していたな。ブッカラはおまえの港の一つだったか」

「港は言い過ぎですが、馴染《なじ》みの星なのは確かです。特に峡谷競走界《キャニオンレース》からは依頼が多くてね」

「これを運んだって？」

「ええ。ずいぶん昔の話です。この機がベニートの新型機として開発された当時のことですから。例によって国外の工場で組み上げられて期限ぎりぎりで峡谷に納品された──そこまではよかったんですが、季節《シーズン》開始前のならし運転で、操縦者がものの見事に衝突《クラッシュ》させてしまったんです。幸い乗り手は無傷で済んだんですが、肝心の機体が直せない――」

「一大事だな」

「まったくです。工場には予備の部品があったから大急ぎで新しい機体を組み立てることは可能でも、普通便で送ったのでは開幕に間に合わない」

「そこで辺境最速船の出番か。何度もそんなことをやってたのか？」

「運良く近くにいれば、ですがね。乗り手のほうを運んだこともありますよ。ここの国民は何というか、呑気でね」

国外の保養地《リゾート》で豪勢な休暇を過ごした飛翔士《フライヤー》が、いよいよ季節《シーズン》が始まるので本国《プラケリマ》に戻ろうとして、日程を勘違いしていたことに気がついた。

旅客船で戻ったのではやはり開幕に間に合わない。たまたま同じ保養地にいた《ピグマリオンII》に、何とかしてくれと必死で頼み込んできたという。

「かと思えばいきなり、ここから千二百光年離れた星まで自分を送り届けてほしい。しかも週末までにブラケリマに戻ってほしいという依頼もありました。何事かと思えば、肉親が旅先で事故に遭《あ》ったという。事態は深刻で、最悪の場合も考えなければならない。どうしても一日会っておきたいと言うんです」

ジャスミンはため息を吐いた。

「それでも最後までは付き添えない。週末までには戻らなくてはならないか……。因果な商売だな」

「ええ。その選手はS1級で、しかも週末の競走《レース》は季節《シーズン》を通して最優秀選手を決定する一大競走《レース》だった。これを欠場はできません。そんなことをしたら払い戻し金は莫大《ばくだい》な額になる。選手生命にも関わります。――しかし、この日程はかなり厳しかった。ご存じでしょうが、選手は前日までに会場入りして検査を受けないと失格になってしまいますからね」

「ああ。あれはなかなか面倒なんだ。しかもその後、完全に隔離状態だからな」

選手は競走前日から週末が終わるまで、会場内の施設で過ごさなければならない。携帯端末も預けて、外部とはいっさい接触できない状態に置かれる。

言うまでもなく八百長《やおちょう》を警戒しての措置である。

「あらゆる意味で重い仕事でしたが、幸い、我々が駆けつけた後に状態が好転してくれましてね。その選手も本当にほっとしたらしい。これで心おきなく競走に臨めると言っていました。こっちはこっちで間に合わなかったらと内心ひやひやものでしたが、何とか四日で帰れましたよ」

ジャスミンはまた楽しそうな笑い声をあげた。

「往復二千四百光年を四日で走破したか。さすがに辺境最速の名は伊達《だて》じゃないな」

「で？　あなたはいったい何をしてるんです」

「とりあえず今週末の昇級を目指してる」

ダンは顔をしかめ、声を低めて身を乗り出した。

「お母さん……。説明になってませんよ」

どう見ても四十過ぎのダンがどう見ても二十代のジャスミンをお母さんと呼ぶのは奇異な眺めだが、事実であるだけに仕方がない。

ジャスミンも真顔になって首を振った。

「本当のことさ。他にすることもないからな。今はここを離れられないんだ」

クインビーが盗まれたと聞いてダンも驚いた。

「警察には？」

「もちろん届けたが、期待はしていない。おまえの言うとおり呑気なお国柄みたいだからな」

だから自分で探す——というのならわかるのだが、ダンにはクインビーの盗難と競走に参戦することがどうつながるのか摑《つか》めなかった。

しかし、正面から尋ねたところで、ジャスミンは恐らく話そうとしないだろう。

そのくらいは一目見ればわかることだったので、ダンもそれ以上は訊こうとしなかった。

小さく笑って話を変えた。

「うちの連中は、あなたに感謝してもしきれないと言っていますよ。パピヨンルージュ様々《さまさま》だそうです。

わたしもずいぶん稼がせてもらいました」

ジャスミンがちょっと咎《とが》めるような眼になった。

「選手の身内は投票券を買えないんだぞ?」

「誰もわたしとあなたが身内だとは思いませんよ。ちょうど《ピグマリオンII》の改造を計画していたところなんですが、余裕で改造資金ができました」

「やれやれ……、困ったもんだ。わたしは息子には楽《らく》して稼ぐことを覚えるような大人になって欲しくなかったんだがな」

「ひどいな。別に楽はしてませんよ。わたしはただ、知っていただけです。あなたは必ず勝つってね」

そこへガストーネが戻ってきた。

ジャスミンと親しげに机を囲んでいるダンを見て意外の声をあげる。

「おう、なんだ、マクスウェル船長じゃねえか」

「じいさん。久しぶりだな。あんたが競走に戻ってきてくれて嬉しいよ」

「へっ。成り行きだがな。——何でえ、おめえたち、知り合いかよ?」

「わたしもおまえたちが知り合いとは思わなかった。考えてみればマクスウェル船長は辺境を飛んで長い。気がついてもよかったのにな」

ジャスミンが言って立ち上がった。

「さて、船長のおかげで腹ごしらえも済んだからな。もう一度上がってくる」

「調整はどうするんだ?」

「問題点の洗い出しがまだだ。やれるだけのことはやってみるさ。おまえの出番はそれからだ」

ジャスミンの乗ったB7が離陸するのを見送ると、ダンは苦笑してガストーネに話し掛けた。

「とんでもないだろう?　パピヨンは」

「あれで女だってのがどうしても信じられねえ」

しみじみと言ったガストーネは急に顔色を変えてダンを見上げてきた。

「船長、まさか、おめえがあの女の亭主ってんじゃねえだろうな?」

「……恐いことを言うなよ」

まったく恐い。しゃれにならない。

ダンは複雑な表情で唸《うな》ったが、ガストーネは興味津々《しんしん》の顔つきでさらに訊いてきた。

「ならよ、あの女の亭主を知ってるか？」

「——知っていると言えば知ってはいるが、それがどうした？」

「あの女がな、亭主は共和宇宙一の船乗りだとよ。俺の知ってる限り、船乗りの中でちょっとはましと言えるのはおめえくらいのもんだからな。おめえの眼から見てどうでえ、その野郎は？」

ずいぶん答えにくいことを訊いてくれるものだ。

ダンはひたすら苦笑したが、少し考えて真面目に答えた。

「共和宇宙一かどうかはともかく、俺の知る限り、もっとも優秀な『《門》を跳ぶ人《ゲート・ジャンパー》』だろうな」

ガストーネは顔をしかめた。

「《門》《ゲート》だあ？　何だ、やばい奴なのか？」

宇宙船には疎《うと》いガストーネでさえ、今時《門》《ゲート》を跳ぶのは怪しげな人種であるとわかるのだ。

やばいと言えばあれ以上やばい人もいないのだが、ダンは笑って首を振った。

「心配するなよ、じいさん。そんな連中とは違う。俺も含めてまっとうな船乗りは仕事で宇宙を飛んでいるんだ。《門》《ゲート》は通れるか通れないかわからない、不安定な経路だからな。他に道がないならともかく、日程の厳しい仕事でそんな手段をあてにはできん。だから俺たちは《門》《ゲート》を捨てた——捨てざるを得なかった。安全と実益を考えた時には当然の判断だが、彼女の亭主は未だに趣味で跳んでるのさ」

「趣味でねえ……。まあ、あの女も趣味で飛翔機《フライヤー》に乗るような奴だから、似合いかもしれねえな」

「趣味なのか？」

「そうさ。あれだけの腕があるのに変な話だがな。少なくともこの先、競走《レース》で身を立てようなんて気はこれっぽっちもないだろうぜ」

それに気づくとはさすがだと思いながら、ダンはからかうような眼を頑固な整備士に向けた。

「珍しいこともあるもんだな。あんたがそんな遊び半分で乗ってる奴に手を貸すとは」

「間違えるんじゃねえ。俺は趣味だと言ったんだ。遊び半分と言った覚えはねえよ」

強い語調でガストーネは言い返した。

「それどころか、あの女ほど真面目に乗ってる奴も珍しいだろうよ。飛翔機《フライヤー》の特性を理解して少しでも速くなろうとする。もっと強くなろうとしてる」

ダンは嘆息した。

「考えすぎかもしれんが、あれ以上強くなられたら他の飛翔士《フライヤー》は商売あがったりじゃないのか？」

「俺もそいつを心配してる」

ガストーネもまじめくさって言ったものだ。

「あの女は生粋《きっすい》の飛翔士《フライヤー》じゃねえ。飛翔機《フライヤー》に乗せて一番速いのは飛翔士のはずなんだが、あの女は違う。――何か、もっと別のもんだ」

「…………」

「あの女はな、生き別れた相棒を捜してるんだと。自分が有名になれば会えるって言うんだが、それにしちゃあ妙に殺気立ってる気がするのさ。のんびりやってるわけにはいかないらしい」

ダンはますます深く嘆息した。

相棒を盗まれたことで彼女が殺気立っているなら、制御できるのはそれこそ彼女の夫だけだ。

「そんな時こそ亭主の出番のはずなんだがな。共和宇宙一の船乗りだという亭主はどこにいるんだ？」

「それが出てこねえんだよ。俺も見たことはねえ。ちょっと面《つら》を拝んでみたいところなんだが、話題のパピヨンルージュに亭主がいるとなったら報道陣がほっとかねえからな。もみくちゃにされるのは眼に見えてらあ。隠れてるのが賢明なやり方かもしれん。――おめえも余計なことは言うなよ？」

真顔で念を押されて、釣られて少しばかり物騒な笑顔と伝法《でんぽう》な口調でダンは答えた。

「心配すんな。頼まれても言わねえよ」

そこに新たな客人がやってきた。

アントーニ・ルッジェーロ・ディアスである。

今日もしゃれた身なりに香水を振りかけているが、至るところに整備の工具や部品が転がっているこの場所には非常に不似合いな人物の登場だった。

ダンにとっては初めて見る顔である。誰かと首を捻《ひね》ったが、ガストーネは露骨《ろこつ》にいやな顔になった。

「何しに来やがった？」

「もちろんパピヨンの様子を見にきたのさ。それと、うちの機体の感触も聞きたくてね」

「手遅れだぜ。ベニートのB7に決めたところだ。あの女はもうB7で上がってる」

今度はディアスが顔をしかめる番だった。

「あんな旧型を選ぶなんて、あんたもどうかしてる。今のパピヨンは連戦連勝だっていうのに」

「あったりめえよ。おめえなんぞに言われなくても、あの女は勝つ気満々だぜ」

「だったらうちの機体を選ぶべきだろう？」

不満げな口調で言ったディアスは、ここで初めてダンに気がついた。

「こちらは？」

「おめえも名前くらいは聞いたことがあるだろうよ。《ピグマリオンII》のダン・マクスウェル船長だ。——こっちはディアス社の出来の悪い二代目だ」

何とも口の悪い紹介だが、ディアス本人は一向に気にした様子もなく、笑って握手を求めてきた。

「よろしく。船長。お名前はよく存じていますよ」

ダンも如才なく挨拶《あいさつ》をした。

「お父上には何度かお目にかかったことがあります。立派な方でした。亡くなられたと聞いた時は本当に惜しい方をと残念に思いましたよ」

「どうも……。まだまだ父には及びませんが、父が亡くなってもう三年ですからね」

ディアスは困ったように笑って見せ、むっつりと押し黙っているガストーネを見やった。

「今ではわたしが立派に跡を継いで仕切っています。残念ながら昔から競走界に貢献《こうけん》している人たちとは意見が合わない点もあるのですが、わたしはわたしなりに競走界に貢献していこうと思っているのです。なかなかわかっていただけないのは残念なんですが、今も心からパピヨンを応援しているんですよ」

ガストーネが苛立《いらだ》たしげに言った。

「やかましいや。いくら待ってたってあの女は当分降りてこねえぞ。とっとと帰りやがれ」

「そうだな。パピヨンに会えないなら仕方がない。出直すとするよ」

ディアスは笑って、現れた時と同じように颯爽《さっそう》と発着場を後にしたのである。

ダンは先代のディアス社長とは面識がある。

昔は飛翔士《フライヤー》として峡谷を飛んでいたという先代は競走《レース》となると子どものように眼を輝かせていた。

飛翔機《フライヤー》が大好きで、峡谷で勝てる飛翔機をつくることに夢中だった。

その社長が亡くなって三年、初めて二代目の顔を見たことになる。

「先代とはかなり印象が違うな」

「あたぼうよ。大違いだ。――ったく、親の出来がいいのに限って子どもには外れが出やがる」

ガストーネはとことん苦い息を吐いている。

「先代は――トーニの奴は何より競走が好きだった。そのトーニを慕ってディアス社に集まってくる奴も優秀な連中ばかりだったんだがな……」

ガストーネの口調は今は違うとでも言いたげで、ダンは思わず尋ねていた。

「ディアスの機体はそんなに質が落ちてるのか?」

舌打ちしながらもガストーネは首を振った。

「トーニの奴についていった技師連中が踏ん張って支えてるからな。今のところまだ勝ち星をあげてる。それに俺はただ、あの二代目が気にいらねえのさ。それにあの野郎、本気であの女にご執心みたいだからな」

ダンは眼を剝《む》いた。

「パピヨンにか？」

「おうよ。もともとあの二代目はでっかい女好きで有名なんだ。今までの女も何だ、モデルってのか？見あげるようなでっかいのばっかりよ」

「しかし、モデルの女性たちと彼女じゃ……同列に並べるのは無理がありすぎるだろう？」

「俺もそう思うぜ。共通点があるとすればどっちも女ってことくらいだが、呆れたことに本気でお気に召してるらしい。今までは自社機が飛んでてもB級競走なんざ見向きもしなかったってのに、ここ二週ずっと関係者席に顔を出してはあの女を応援してる。そりゃまあ今のあの女は峡谷でも注目の飛翔士《フライヤー》だが、それだけじゃねえのは確かだな」

ダンの心境など知らないガストーネは頭髪の残り少なくなった頭を掻きながら、とんでもないことを言い出した。

「ひょっとしたら、あの女がもっと有名になったら結婚を申し込むかもしれねえ」


「ディアスの二代目がよそ者の女とか？　まさか」

この星の人間は身内意識が強い。

有名企業の社長にとって外国人女性との結婚など、利になることは何もない。

「おめえも知ってるはずだぜ。ここじゃあ飛翔士《フライヤー》は王様なんだ。あいつはあれでも女だから女王様か。このままあの女が勝ち続けて、峡谷はおろか国中の話題になるほど有名になったら、それほどおかしな組み合わせじゃなくなるぜ。二代目にとっても充分、女房にする値打ちがあるってことになる」

女王様という言葉にますます穏やかならぬものを感じながらダンは言った。

「二代目は亭主のことを知らないのか？」

「知らねえんだろうな。あの女も俺も話してねえ」

「ガストーネ。何をやってるんだ。あんたが教えてやればいいだろうに」

するど、ガストーネはちょっと妙な顔になった。

「あんな出来の悪い二代目でも、俺にとっては昔の友達の倅《せがれ》だからよ」

「出来の悪い子ほど可愛いとでも言う気か？」

「そうじゃあねえよ。ただ、な……。亭主のことを二代目が知ったら……なあ。ちょっとばかり面倒なことになるんじゃないかと思うのさ」

こんな奥歯に物の挟まったような言い方は極めてガストーネらしくない。

「何なんだ。はっきり言ってくれ。パピヨンは――ジャスミンは俺にとっても知らない人じゃない」

熱心に訴えたダンに、ガストーネはますます妙な顔になった。

「俺の仕事は飛翔機《フライヤー》を万全の状態で飛ばすことだ。昔っから色恋沙汰は専門外だけどよ、そんな俺にもわかることがある。あの女に亭主がいると知っても二代目はおとなしく引き下がったりしねえよ。逆に火がついてますます手がつけられなくなる」

「どうもよくわからんな。勝手に一人で燃えさせておけばいいだろう」

「そうはいかねえ。飛翔士《フライヤー》が王様ならディアス社はその王様に宮殿を提供してるんだぞ。無理が通れば道理が引っ込むって言うだろうが。二代目は亭主と別れさせるくらいは言いかねねえし、やりかねねえ。あの女はもちろん言うことをききやしねえだろうが、それで二代目が諦めるとも思えねえ」

ガストーネは本当に苦々しく思っている顔だった。

「曲がりなりにも友達の倅ってのはそういうことさ。ブッカラの人間は惚《ほ》れた腫《は》れたに関しては大らかで、あんまり口うるさいことは言わねえが、亭主のいる女を巡って騒動を起こすのはさすがに外聞が悪い。ディアス社の信用にも関わってくる」

ダンは首を傾げた。

確かに先代と違ってずいぶん軟派な印象だったが、仮にもディアス社の社長がそこまで馬鹿をやるかと思ったのだ。

何より、不倫の恋と社会的立場を秤《はかり》に掛けた時、男は普通立場を取るものだ。

「考え過ぎじゃないか。立場を捨てて恋を選ぶほど純情な男には見えなかったぞ」

「そうじゃあねえって。あれは欲しいものは何でも自分のものにしてきたんだ。会社も女も両方取っていったい何が悪いのかって考えるだろうよ」

ちょっと考えてダンは言った。

「亭主のいる女に惚れても自分は悪くない。亭主を捨てて自分を選ばない女がおかしいって理屈か？」

ガストーネは得たりとばかりに頷いたのである。

「まさしくそういうこった。亭主がいると知ったらその亭主と直談判に持ち込んで女と別れろくらいは、ありゃあ平気で言うぜ。下手したらもっと血迷って亭主を片づけようとするかもしれん」

ようやく事情が見えた。なるほどあの二代目にはそうした大胆なまでの自信が見え隠れしていた。

人のものなら余計に奪い取りたくなるのだろう。

「だからよ。俺はその亭主次第だと思うわけさ」

ガストーネの懸念もやっと理解できたが、ダンはむしろ笑いを嚙《か》み殺すのに大忙しだった。

自信たっぷりに頷いた。

「心配無用だ、じいさん。仮にあの二代目が彼女と亭主を引き離そうとしても、もっと血迷って亭主を亡き者にしようと企んだとしても、歯が立つわけがない。返り討ちに遭うのは必至だろうよ」

7

ダンは車を借りてここまで来ていた。

ガストーネに別れを告げて、発着場の入口にいる警備員に挨拶《あいさつ》を済ませて車に戻ってみると、まさにたった今まで話題にしていた共和宇宙一の船乗りが、ダンの車にもたれて悠然《ゆうぜん》と声を掛けてきた。

「よう」

屈託《くったく》なく笑いかけられて思わず力が抜ける。

「……何をしてるんです？」

「おまえを待ってたのさ。ちょっとつきあえよ」

身振りで乗せろと示してくる。

どうやら自分の車を返して、ダンが出てくるのを待っていたらしい。

諦《あきら》めて運転席に乗り込みながら、ダンは言った。

「……会っていかないんですか？」

お母さんには——と言わなくてもケリーには充分通じたに違いない。笑って言い返してきた。

「あんな有名人にうっかり近づけねえよ。大騒ぎになるだろうが」

「だから逆に変な虫が近づくんです」

「——あの女にか？」

助手席に乗ったケリーは本当に驚いたようだった。

「俺が言うのも何だが、物好きな男だな。どういう趣味をしてるんだ？」

ジャスミンと話すのは比較的慣れたつもりだが、この人とはまだどう接したらいいのか戸惑う。

というより面食らう。

「少し前に、あなたと同じくらい背の高い男が出て行ったんですが、見ましたか？」

「ああ、見たぜ。本人も車もえらく派手だったな」

「ディアス社の二代目です。どういうわけか彼女に夢中らしい」

ケリーは声を立てて笑った。

「そりゃあ確かに変わった趣味だ」

「笑っている場合じゃないでしょう。いいんですか、放っておいても?」

「今のあの女はな、競走《レース》で勝つことしか考えてない。口説き文句なんか囁《ささや》いたところで肘鉄《ひじてつ》を食うだけさ。ものの喩《たと》えじゃないぞ。本当におっそろしく強烈な肘《エルボー》が脇腹に入るからな。下手すりゃ悶絶《もんぜつ》するぜ」

ダンはわざとらしくため息を吐いた。

「——わたしが言うのも何ですが、そういう人だとわかっていてよく結婚しましたね」

「おお、言うようになったじゃないか、ちびすけ」

「ちびすけはよしてください!」

辺りに人家がないのをいいことにダンは思いきり車を飛ばした。

飛翔機《フライヤー》の整備場は峡谷の至るところにある。

ガストーネはミンダリアの住人なので、もっともミンダリアから近いところに拠点を構えていたが、それでも町から二十キロは離れている。

ミンダリアに戻ったダンは偶然にもアラバスタにケリーを案内した。

この町では昼間から呑んでも文句は言われないが、さすがに車を運転していてはそうはいかない。

珈琲《コーヒー》を頼んで、窓際の円卓に着いた。

ケリーも同じようにした。

こうやってあらためて向き合うと、相手の整った顔だちや精悍《せいかん》な若さというものがいやでも眼に入る。

ダンはそっと息を吐いた。

これが五年前に七十過ぎで死んだ父親とは未だに信じられないし、間違っても信じたくない。

「それで、何の用です?」

「薄情な倅《せがれ》だな。母親にはわざわざ会いに行くのに。——まあ、それは置いとくとしてだ」

ケリーは真顔になって身を乗り出した。

「エルナトCNZの《門《ゲート》》を跳んだらいきなり船を撃たれた。おまえ、何か知らないか?」

「——撃たれた？　あなたとダイアナがですか？」

みすみす船を撃たせたのかと正直言って驚いたが、ケリーは顔をしかめて首を振った。

「あいつは今休暇中。撃たれたのはマースで借りた賃貸船だ。どこから見てもただの民間船なのにな。単なる脅《おど》しや足を止めるのが目的の攻撃じゃない。明らかにこっちを撃沈するつもりで十二センチ砲をぶっ放してきやがったんだ」

「——避《よ》けたんですか、それを？」

「避けなきゃあの女と一緒に海の藻屑《もくず》になってたぞ。こっちもうっかりしてたんだが、一般の感応頭脳は突然の襲撃を非常事態と判断しやがった。格納庫の開閉さえ承認しない有様で、赤いのを外に引っ張り出すこともできなかったのさ。——まったく有能な相棒に慣れるとこういうところで困るぜ」

自嘲気味に自分の失態を話しながらも、ケリーの眼は笑っていない。

船乗りなら当然のことだろうとダンは思った。

ケリーは船長であると同時に操縦士でもある。借り物だろうと自分の操縦している船を撃たれて何も感じないはずはない。

「俺も最近の海賊事情はさっぱりだがな、まともな海賊ならあんな民間船は狙わないだろうし、あんな物騒な襲い方もしないはずなんだ。おまえのほうがこの辺の事情には詳しいだろう？」

心当たりはないかと訊《き》かれて、ダンは少し考えた。

「その時、《門《ゲート》》の数値はいくつでした？」

「八十五」

跳ぶなそんなもの、と思わず言いたくなったのをぐっと堪《こら》えたダンだった。

「跳躍直後に襲われた？」

「ああ」

「だったらそれは海賊じゃない。ブラケリマ周辺の宙域に海賊が出るとはわたしも聞いたことがない。確証があるわけではないが、恐らく密輸船でしょう。あなたのことを商売敵《がたき》だと思ったんですよ」

ケリーが眼を剝《む》いた。

「俺が《門《ゲート》》を跳んできたからか？」

「そうです」

「それはつまり、その連中も《門《ゲート》》を跳んでるってことか？」

「そうですよ。この宙域では昔からの噂《うわさ》なんです。《門《ゲート》》を使った密輸が横行しているとね」

息子の言葉にケリーはすっかり面食らったらしい。

「……ちょっと待て。なんで密輸船が十二センチ砲なんかで武装してる？」

「今まではしていなかったんです」

「………？」

顔中に疑問を浮かべたケリーに、ダンは、自分も確かなことは知らないのだがと前置きして説明した。

「久しぶりにブラケリマに入港して聞いた話ですが、密輸業者の間で勢力争いが起きているようなんです。変な言い方ですが、今まで複数の密輸集団が仲良く《門《ゲート》》を使っていたと思ってください。ところが、最近になって新しい勢力が出てきた。この新勢力が他の密輸集団を牽制《けんせい》し始めたらしい」

「物騒な大砲で武装してか？」

「ええ。無断で《門《ゲート》》を使うなと言いたいのか、他の集団を支配下に置きたいのかはわかりませんが、きな臭いことになっているのは間違いないようでね。この辺りを飛ぶ時は気をつけろと言われましたよ」

呆気《あっけ》にとられていたケリーが盛大に唸《うな》る。

「……ひでえ冗談だ。俺はそんな縄張り争いの巻き添えを食ったわけか？」

恨めしげな口調にダンはつい笑ってしまった。

「それはあなたが悪い。安定度数八十五の《門《ゲート》》を跳んでしまったのでは素人《しろうと》には見えませんからね。案外、その船も《門《ゲート》》の状態が回復するのを近くで待っていたのかもしれません」

ケリーはますます苦い顔になった。

「そこまでわかってるなら始終《門《ゲート》》を見張っていりゃあいいだろうに、ブラケリマの国境警備隊はいったい何をやってるんだ」

「理屈で言えばそうですが、ここにはCNZの他に二つの《門《ゲート》》があります。手が回らないというのが実情でしょう」

ケリーは驚いた。本当に初耳だったからだ。

「他に二つ？　どこだ？」

座標を教えてやって、ダンはちょっぴり優越感に浸《ひた》ったのである。

「あなたが知らないとは思わなかったな」

「そりゃあしょうがない。俺が現役で跳んでたのはおまえが生まれる前の話なんだぞ」

何だか返り討ちを食らった気分で呻《うめ》いてしまったダンにはかまわず、ケリーはさらに訊いた。

「その二つの《門《ゲート》》の突出先は？」

「わたしも知りません。それというのもいつ見ても不安定な《門《ゲート》》で実用的とは言えなかったんです。重力波エンジンを降ろしてからはもちろん、近づくこともなくなりましたからね」

「それなのに密輸船は今も跳んでくるのか？」

「ええ。説明するまでもないでしょうが、《門《ゲート》》は自然現象です。恐らく地元の密輸集団は《門《ゲート》》がいつ安定するかを知っているんだと思います」

「で、その時期だけ仕事に励《はげ》むわけか？」

ケリーは呆《あき》れた口調だった。

「呑気な話だぜ。そんなんじゃあ、密輸と言っても回数はそう多くはこなせないはずだぞ」

「ですから国境警備隊も今までは比較的のんびりと——と言っては申し訳ないが、それほど目くじらを立てて密輸を取り締まっていたわけではないんです。ところが、武装した新勢力の登場で事情が一変した。非合法の武装船が大砲を撃ちまくっているとなると、いくら何でも野放しにはできない。民間船に被害が出たりしたら一大事になる」

「当然だな。そんなものも取り締まれないとなると国の信用問題にも関わってくる」

「ええ。ですから、これもあくまで噂ですが、近々大がかりな掃討作戦を計画しているようですよ」

「なるほどな。――ありがとうよ。助かったぜ」

事態が飲み込めたケリーは笑顔で礼を言ったが、ダンとしては複雑な心境だった。

軽々しく頭を下げてくれるなと文句を言うべきか、年長者の自分に対して馴れ馴れしいと憤慨《ふんがい》すべきか、感情の落としどころに迷ったのである。

その自分が十いくつも若く見えるケリーに対して敬語で話していることはこの際、後回しだ。

「それより……」

ダンは意識的に声を低めた。

「お母さんはいきなり何を始めたんです？」

「俺に訊くなよ。《カペラ》の修理待ちをしてる時、『しばらく競走《レース》をやる』と連絡してきたっきりだ。――まあ、そのおかげで《カペラ》の修理代を軽く稼げたんだがな」

「そっちもですか？」

「当たり前だ。この状況であの女に賭けないなんざ、金をどぶに捨てるようなもんだぞ」

言葉の使用法がものすごく間違っているが、実のところダンも同感だった。思わず笑みをこぼした。

「選手の身内は投票券を買えないそうですよ？」

「黙ってりゃわかりゃしねえよ。どのみちそんなに長い間のことじゃねえ」

口調と裏腹にケリーは何故か真面目な顔だった。

「目的のためには仕方がないんだろうが、本当ならあの女はこんな人前で飛んだりすべきじゃないんだ。次元が違いすぎるからな」

「二週飛んだだけでＡ３級ですからね」

「本当はそう簡単に昇級はできないんだろう？」

「もちろんです。こんなことは普通あり得ませんよ。Ａ級に昇級するまで十年かかる飛翔士《フライヤー》だって珍しくありません。Ｓ級に至ってはそこまで辿《たど》り着けない選手のほうが圧倒的に多いんです」

だからこそパピヨン旋風が吹き荒れているのだが、ケリーはどうも感心しない様子で顔をしかめている。

「既にもうB級の飛翔士《フライヤー》連中がさんざん言われてる。新人があれだけ飛べるのにおまえたちは何をやっているんだってな。聞いてるこっちがはらはらするぜ。飛翔士連中は曲がりなりにも玄人《プロ》だから、あの女のすごさもわかるだろうし、素人の客が何を言おうがそう簡単に揺さぶられたりしないだろうとは思うが、競走は金の掛かった勝負ごとだ。極限状態の人間は冷静な判断ができなくなる。あの女を勝たせまいと、頭に血の上った誰かが無闇に張り合ったりしてみろ。——ただではすまん。最悪の場合、死人が出るぞ」

ダンも同意見だった。

決して大仰な話ではない。小型機の操縦に関するジャスミンの能力は常人離れしている。それをよく知っているだけにケリーの懸念も容易に想像できた。

「ただ、あの人なら相手が熱くなっても軽く躱《かわ》してくれるとは思いますがね」

「わからんぞ。他の連中も勝つことで稼いでるんだ。客の期待と金を背負って飛んでる以上、一人勝ちはさせられんと思うかもしれん。——それ以上に俺が心配してるのはお子さんの教育上悪いってことさ」

「はい？」

いきなり何を言い出すのかとダンは戸惑ったが、ケリーはやはり真顔である。

「ここでは飛翔士《フライヤー》は英雄らしいからな。『あたしも大きくなったらパピヨンみたいな飛翔士になる！』なんて六歳七歳の女の子が眼をきらきらさせながら言っているところを想像してみろよ。考えただけでたまんねえだろうが」

大いに納得してダンは頷《うなず》いた。

それは確かに教育上よろしくない。

よろしくないどころか、ぞっとする話だ。

峡谷競走《キャニオンレース》は命懸けの競走《レース》には違いないが、厳しい規則があり、審判がいて、選手を守っている。

そこまで気を配っても年に一度か二度の割合で、どうしても事故は起きてしまう。

しかし、事故を何より恐れているのも飛翔士《フライヤー》だ。

　確かに勝つことで賞金を稼ぐのが彼らの仕事だが、競《せ》り合っている最中にこれ以上は危ないと思ったら、絶対に無茶はしない。決して最後の一線は越えない。

　無念であっても勝負を下りる。

　時速数百キロの空中という世界で競う意味を知り尽くしている飛翔士《フライヤー》にとって、勝利と命とどちらが大切かといったら言うまでもなく命だからだ。

　金が掛かっていても、競走《レース》はあくまで競技《スポーツ》であり、観客がそれを見て楽しむ娯楽なのである。

　だが、ジャスミンの操縦は違う。

　娯楽とは無縁の実戦で磨き抜かれた技術だ。その経験値が今回はたまたま競走で活かされているが、本来似て非なるものである。

　普通の人間が迂闊《うかつ》にあの真似をしたら冗談抜きに命がいくつあっても足らなくなる。

　ジャスミン本人にもそのくらいのことはわかっているはずである。

　ダンは鋭い眼でケリーを見た。

「目的のためには仕方がないと言いましたね？」

　ケリーも真剣な眼で自分より年上の息子を見た。

「俺があの女と同じ立場に置かれて、同じくらいの腕があったら、やっぱり同じことをしたと思うぜ」

「…………」

「あの赤いのはダイアンと違って一人で戻ってきてくれるわけじゃない。そもそもダイアンなら黙って盗まれたりしなかったんだが……」

「そうでしょうか？　いくらダイアナでも稼働停止状態ならわかりませんよ」

「まあな。滅多にないことだが、俺もそういう時の用心のために、人並みに盗難防止の追跡装置くらい船体に組み込んである」

「…………」

「あの赤いのにはそれすらついてないんだ。こんな事態を予想したことは一度もなかったからな」

　無理もなかった。

　クインビーはこれまで《クーア・キングダム》か

《パラス・アテナ》に収容されていたのだ。

その中からあの機体を盗み出すなど、神出鬼没の怪盗でも不可能な仕業《しわざ》である。

「ここの警察も捜してくれてるんだろうが、あまり期待はできない。呑気なお国柄みたいだからな」

「お母さんも同じことを言っていました」

「そうさ。赤いのが盗まれた時、あいつは俺以上にそれを実感したんだろう。俺たちはよそ者だってな。こっちから探そうにもあてもない。地の利もない。見つかる可能性は限りなく低い」

「否定はできません」

「だったら、話は簡単だ。探しに行くのが無理なら向こうから持ってきてもらえばいいのさ」

ダンには意味がわからなかった。

首を傾げたが、意味深なケリーの顔を見ていると詳しいことを聞くのも癪《しゃく》だったのでやめておいた。

「ダイアナは休暇を取って何をしているんです？」

「あちこち改造するつもりらしいが、詳しいことは聞いてねえ。俺も今は相棒と生き別れ状態なのさ」

ケリーはやっと表情を緩めて苦笑した。

「まったく……陸に上がった船乗りなんざ見られたもんじゃねえからな。俺も早く相棒《あいつ》に会いたいよ」


ダイアナも同じことを考えていた。

人工知能のダイアナは独り言も愚痴《ぐち》も言わないが、事態を認識し、状況を分析する。その結果、現状に対する感想というものは抱くのである。

（よりにもよってこんな時に……）

肉体があったら舌打ちしていただろう。

予定の改造を済ませ、その仕上がりにも満足して、いざ跳ぼうとしたら《門《ゲート》》の数値が足らないのだ。

ケリーが知っている《門《ゲート》》はもちろんダイアナも知っている。

問題はケリーはそのほとんどをいつでも飛べるが、ダイアナはそうはいかないということだ。

二週間前にケリーが跳んだ時エルナト宙域行きの

《門《ゲート》》の安定度数は八十五。

その時からいやな予感はしていたのだ。

《門《ゲート》》にはそれぞれ特性というものがある。

エルナト宙域に出るこの《門《ゲート》》は比較的状態が安定しているのだが、一度数値が落ちるとしばらくそれが続く傾向がある。

二週間で回復する確率は低いと予測していたが、見事に的中してしまった。

現在の安定度数は八十六。

ダイアナは自他共に認める型破りな感応頭脳だ。

その船体《ボディ》にはショウ駆動機関《ドライヴ》と重力波エンジンの両方を搭載している。

マースの軍艦以外では、現在この両方を搭載している船は《パラス・アテナ》だけだし、その両方を管制できる感応頭脳もダイアナだけだ。

加えて、ダイアナは操縦者が不在でも、自力で《門《ゲート》》を跳ぶことができる。

とは言っても、ダイアナが確実に跳躍できるのは人間の操縦者と同じで安定度数百から九十まで。

その数値が八十八まで下がってしまうとよほどの覚悟がなくては跳べない。

八十六では完全にお手上げである。

(ちまちま跳躍していくしかないみたいね)

今の《パラス・アテナ》はどんな高速船より速い。

それでもマースから九千六百光年離れている惑星ブラケリマまでショウ駆動機関《ドライヴ》を駆使して跳ぶのはかなりの長旅になる。

ただし、現在ではそれが普通だ。

ショウ駆動機関《ドライヴ》が宇宙を席巻し、《門《ゲート》》を使った航法は特定航路を除いて完全に姿を消した。

だから今ではたとえ一万光年彼方でも、こまめに跳躍して行くのが当たり前になっている。

それでもいつ使えるかわからない《門《ゲート》》よりはずっと安全で確実だと評価されているのだ。

ダイアナ自身、実に四十年間ただの一度も重力波エンジンを使うことはなかったが、今は違う。

一度は手放したはずの《門《ゲート》》という手段が再びダイアナの元に戻ってきた。

現にケリーは九千六百光年を一瞬で越えたのだ。

なまじ《門《ゲート》》が使えることを知っているだけに、なまじ状態が悪くても跳んでしまう希有《けう》な操縦者を知っているだけに、今度はため息を吐きたくなったダイアナだった。

（有能な操縦者に慣れるとこういう時に困るわね）

ケリーも同じことを考えているとは知る由もないダイアナはエルナト宙域へ向けて跳躍を開始した。


フィンレイ渓谷《けいこく》の最西端の競技路から少し離れた場所に飛翔機《フライヤー》の修理を請け負う工場がある。

峡谷には無数にあるものだから珍しくはないが、ほとんどの工場が修理や整備を専門としている中で、ここは設計もやっているらしい。

マリーニ飛翔機《フライヤー》設計事務所と看板が掛かっている。

もっとも、見るからにちっぽけな弱小事務所だし、地上の格納庫に置いてあるのも修理や整備のために客から預かった機体ばかりだ。

しかし、この地上格納庫から地下深くに潜《もぐ》ると、そこには身内しか知らない特別な格納庫がある。

ここが設計事務所であり、製造工場でもあった。

今そこで三人の男が顔をつきあわせていた。

マリーニ工場は家族会社である。

経営者が長男のカルロ、設計技師が次男のリッピ、整備士が三男のルイージ。

姓はもちろんみんなマリーニだ。

歳も近く、顔立ちも体つきもよく似ている。この小さな工場を三人で守っている仲のいい兄弟だった。

三人とも恐ろしく深刻な顔で、脂汗さえ浮かべて、端末画面に表示された立体図に見入っている。

絶望的な表情でルイージが言う。

「やっぱり機械の故障じゃないぜ、リッピ兄ちゃん。何度も飛んでるよ、これ」

そのリッピは頭を掻きむしって呻いている。

「あり得ないって！　飛べるわけがない！」

長男のカルロもげっそりした顔だった。

「で、どうなんだ。やっぱりばらせないのか？」

次男と三男は揃《そろ》って首を振った。

頭を抱えながらリッピが言う。

「ばらしても無駄だぜ、兄貴。普通なら部品だけで売れるけど、こいつじゃあ……」

ルイージも青い顔で首を振った。

「だめなんだよ、カルロ兄ちゃん。推進機関も翼も風防でさえ現行機とはまったく互換性がないんだ」

そう言う三男は腕のいい整備技師である。

長男はほとんど懇願《こんがん》するように言ったものだ。

「なあ、ルイージ。おまえなら現行機に接続可能に改造することだって……」

三男は震え上がって首を振った。

「無理！」

兄弟三人が何とも言えない表情で見つめたもの。

それはこの地下格納庫をいっぱいに占有している深紅の機体。

クインビーだった。

ディアス社の作業服を手に入れて、三人がかりで首尾よく新型機を運び出したまではよかった。

しかし、すぐに自分たちがとんでもない間違いをしでかしたことに気がついた。

もっと早く気づいてもよかったはずだが、何しろその時は三人とも極限の緊張状態だったのだ。

ばれやしないかとはらはらしながらここまで持ち帰り、人目を気にしながら地下格納庫にしまい込み、やっと一息ついてそこで初めて気づいたのである。

間違いを知った三人は仰天した。

次に大いに焦《あせ》った。

「闇市に売り飛ばそう！」

兄弟の意見はすぐさま一致したが、乗り物として売るのであれば、売り主として最低限の仕様くらい心得ていなければ話にならない。

長男はすぐさま一般小型機の目録《カタログ》を取りに走り、

次男は操縦室の配列を調べ、三男は外観を調べたが、それだけでもう驚いた。

彼らも飛翔機《フライヤー》の製造に携《たずさ》わっている人間である。宇宙船は専門外だが、まったくの素人ではない。現に新型機を盗む時に貨物船を操縦していたのは三男のルイージなのだ。

その彼らにして、自分たちがいったい何を摑《つか》んでしまったのか理解できなかった。

これは飛翔機《フライヤー》ではない。

無重力対応機であることははっきりしているが、動かし方がわからない。

感応頭脳に操作法を聞こうにも肝心の感応頭脳が搭載されていない。

これだけで既に充分異常だった。

管制頭脳のない飛翔機《フライヤー》は存在しても、感応頭脳を持たない無重力対応機などあり得ないからだ。

代わりに過去の遺物のはずの電算機を発見した時、リッピは早々に匙《さじ》を投げて言ったものだ。

「兄貴、こいつは未完成品だよ。つくりかけなんだ。でなきゃ何かの実験機だろうな」

ルイージが異を唱える。

「そうかなあ。新品には見えないよ。それどころかずいぶん使い込まれているみたいだけど……」

カルロも小型機の目録《カタログ》を調べながら首を捻《ひね》った。

「この形式はどこにも載ってない。機番号もないし、機体がしゃべってくれないのは不便だな」

そこで彼らも内部を知るべく画像走査《スキャン》を掛けた。

その結果、《アルマンド》の整備員同様、兄弟も開いた口が塞《ふさ》がらなくなった。

「何だ、これ……?」

「永久内燃機関《クーア・システム》！　こんな小型機に！　どうやってここまで小型化したんだ！」

「おまけにこっちは、形状が似ても似つかないけど――重力波エンジン⁉」

「そんな馬鹿な！　こんな超小型の重力波エンジンなんて製造されてなかったはずだ！」

「この大砲も……実装されてる、よね?」

三人とも呆気にとられた。なまじ眼の前の映像を理解するだけの専門知識があったのがまずかった。

自分の眼は何を見ているかを認識しているのに、どう考えてもこんな機体が実存《じつぞん》するはずはないと、彼らの知識は声高に訴えているのである。

真っ先に気を取り直したのは次男のリッピだった。不必要なまでに力を込めて断言した。

「わかった! どこかの金持ちが道楽でつくらせた、本物の部品と素材を使った実寸大の模型なんだ!」

ルイージが恐る恐るその意見を否定した。

「……それ、違うと思う、リッピ兄ちゃん」

「何で⁉」

「この推進機関……見てみなよ。何度も使われてる。少なくとも未使用じゃないよ」

「そんなはずはない! これは模型だ! でなきゃ未完成品だ! おまえだってこんなものが人の手で動かせるわけがないことくらいわかるだろう!」

「わかるけど! それでもこの機体が実際に宇宙を飛んだことがあるのは確かだよ!」

カルロが慌てて弟たちの間に割って入った。

「待った! 言い争うのは後にしろよ! とにかくこいつを何とかするのが先決なんだ」

もっともな話である。

「機体形式が不明じゃあ、丸ごとは売れないからな。仕方がない。解体して部品だけ売り捌《さば》くしかない。さっさとばらすぞ!」

「だめだ、兄貴!」

「そうだよ! カルロ兄ちゃん! 俺もばらすのはやめておいたほうがいいと思う。これ——こんなの、普通じゃないもん……」

「ルイージの言う通りだよ、兄貴」

次男と三男は揃って薄気味悪そうに深紅の機体を振り仰いだのである。

設計技師のリッピは躊躇《ためら》いながらも断言した。

「こいつが特注品なのは間違いない。模型だろうと、何かの実験機だろうと。そして……つくらせた奴もたぶん普通じゃない」

ルイージもすぐ上の兄に同意して頷いた。

「永久内燃機関《クーア・システム》と重力波エンジンをここまで小型化するだけでもいったいどれだけ金が掛かると思う？　金を掛けたからってできるものでもないけど、もしこれを買うとしたら五万トン級の外洋型宇宙船より遥《はる》かに高いはずだよ」

「特別仕様《カスタム》っていうのは普通、もともとある機体を改造してやるもんだけど、こいつは違う。設計からまったく別の図面が引かれてる。たぶん部品の一つ一つまで、こいつのためだけにつくられてる」

弟たちの意見にカルロも青くなった。

「だからってどうする？　こいつをこのままここに置いておくわけにはいかないだろうが！」

ルイージが悲しげに言う。

「今さら返しにもいけないしね」

そんなことをしたら窃盗《せっとう》犯として即逮捕だ。

三人とも青ざめてうなだれてしまった。

とんでもないことをしてしまったと悔やんでも、まさしく後悔先に立たずである。

結局、リッピが一番まともな意見を出した。

「焦ることはない。幸い、この地下格納庫のことは俺たちしか知らないんだ。もう少し時間を掛けて、こいつの正体を探ってみる」

カルロは迷っていた。

三人の中で盗品を自宅に置いておく危険性を一番強く感じていたのは彼だろう。しかし、慌てて売りさばくのも危ない。結局は次男の意見に賛成した。

「……そうだな。ばらすのはいつでもできるんだ。これが特注品ならいっそ注文主を調べられないか？　うまくすれば取引に持ち込めるかもしれない」

リッピがいやな顔になった。

「兄貴。それをやったら俺たち本当に犯罪者だぜ。返す代わりに身代金を払えって言うんだろう？」

「違う。遺失物として届けて謝礼を受け取るんだ」

今度はルイージが呆れた顔つきになる。

「無理があるよ。カルロ兄ちゃん。こんなでっかい落とし物だなんて……」

「たとえばの話だ。持ち主がみつからなかったら、その時はやっぱりばらすしかないんだからな」

ところが、調べれば調べるほど、分解することもできない代物だということがわかってくる。

持ち主の情報も同じだ。これだけ特殊な機体ならどこかに記録が残っていてもよさそうなものなのに、いくら調べても何も出てこない。

二週間が過ぎた今では兄弟三人とも、げっそりとやつれていた。

「俺たち、もしかして、とんでもないものを持ってきちまったんじゃないのか……？」

泥棒が自分の盗んだ戦利品に震え上がっていては世話はないが、それが彼らの実感だった。

8

パピヨンルージュがA3級に昇級して初の競走は、彼女以外の出走者十人が全員A2級、A1級という厳しいものだった。

彼女の連続勝利を絶とうという協会の思惑にしか見えないと皮肉な口調で評する記者もいたくらいだ。

加えて他の飛翔士《フライヤー》たちがジャスミンを見る眼にも特別なものがあった。

たった二週で自分たちと飛ぶことになった新人に他の選手が無関心でいられるわけがない。

「今のうちに叩いておかなくては……」と思うのも自然な流れだが、それだけではない。

ジャスミンが選んだ機体にも原因があったのだ。

「パピヨンがB7に乗ってきたって？」

これを聞いたA級選手たち、特にA1級飛翔士《フライヤー》は心穏やかではいられなかったのである。

B7は一世を風靡《ふうび》した飛翔機《フライヤー》だ。

一般的だったのは既に十年以上前のことだから、若手の選手は実際に乗ったことも同じ競走《レース》を飛んだこともないだろうが、S級、A級選手は知っている。

それどころか操作の難しさから乗りこなすことを断念せざるを得なかった世代が今のA1級なのだ。

自分たちが若手だった頃、現在のS級選手たちがこの機体で次々に勝利を決めていた。やがてもっと扱いやすい新型機が現れて、B7が空を飛ぶことは滅多になくなったが、A級選手にとってその雄姿は今も記憶に焼きついている。

ただし、現在ではなんと言っても旧型機だ。

そしてB7を乗りこなすには相当の時間と修練が必要だというのが飛翔士《フライヤー》にとっての常識だ。

A級選手にとっては絶対負けられない理由がもう一つ——二つだ、できてしまったわけである。

こんな旧型機に後れを取るわけにいかない。

何より、峡谷を飛び始めてたった二週間の新人がB7を乗りこなせるのなら、自分たちのあの無念は何だったのかということになってしまう。

「パピヨンにだけは勝たせるわけにはいかない」

決意も露《あら》わに十人の飛翔士《フライヤー》は愛機に乗り込んだ。

それでなくても新人には負けられないと熟練者《ベテラン》が闘志を燃やすのは当たり前である。

この日の競技路は中量級専用のSSW6。

軽量級に比べて蛇行《だこう》部分が少なく、その分速度が出やすい競技路である。

出走者たちはB級選手がそうしたように徹底的にパピヨンルージュを牽制《マーク》した。その動きから一瞬も眼を離さないように、決して先へ行かせないように努力したが、どんな奮闘も無駄だった。

「強い！　圧倒的に強い！　パピヨンルージュ！　A級の猛者《もさ》を十人まとめて差しきった――っ！」

実況の絶叫はもはや恒例と化している。


この日、パピヨンルージュは二回の競走を飛んで、午後の競走でも後続に大差をつける勝利を飾った。

予告通り勝利者会見を受けることになった彼女を記者たちはいっせいに取り囲んだのである。

「おめでとうございます！　今回は初のA級フリー枠でしたが、あなたにはまったく問題ないですね！お見事な勝利でした！」

「いえ、そんなことはありません。階級が上がるとやはり飛翔機《フライヤー》の軌道が明らかに違うと思いました」

「あなたは現在、もっともS級に近い飛翔士《フライヤー》ですが、どこか挑戦してみたい競技路、もしくは誰か実際に戦ってみたい相手はいますか？」

「そうですね……」

ちょっと笑って考え込んだパピヨンはここでまた特大の爆弾を投下したのである。

「できれば怪物級《モンスタークラス》に挑戦してみたいですね」

周囲がざわりとどよめいた。

単なる驚きではない。そのどよめきには恐怖感と

『何てことを……』という非難さえ混じっていた。

記者も大いに焦《あせ》って問い返したのである。

「あ、あのそれは……本気ですか⁉」

「ええ。あれはおもしろそうだと思っています」

あくまで笑顔でさらりと言ったジャスミンだった。

これがどれほど身の程知らずな発言であったかは、この直後、ガストーネが格納庫からすっ飛んできたことからも明らかだった。

「いくらおめえでも無茶苦茶だ！　怪物級の機体は空飛ぶ砲弾だぞ！」

女子選手はもちろん男子選手でもよほどの体力と技術と経験がなければ怪物級には乗れない。

そのくらい危険なんだとガストーネは力説したが、ジャスミンは平然と笑い返した。

「わたしはただ訊《き》かれたから希望を話しただけだ。A3級に昇級したばかりの選手がいくら乗りたいと言ったところでそんなものは夢物語に過ぎないし、協会が許可してくれなければ選手は何もできない。

それが峡谷の決まりだろう？」

「てめえなあ……」

猫を被ってろとは言った。確かに言ったが、この女がこれほど猫を被るのが上手《うま》いとは予想外だった。

しかも、ジャスミンはマスコミを利用することを充分に心得ている。

勝利者会見は生放送だったのだ。あの発言は既に速報として世間を賑《にぎ》わしている。

この日の夜には報道番組は競うようにして彼女の言葉を取り上げたのだ。

市民の興味は女性飛翔士《フライヤー》初の怪物級選手が出るか否かという点に集中しており、各番組とも評論家や現役飛翔士を客《ゲスト》として招いて意見を求めた。

その中には意外な大物もいたのである。

「今日は出演してくださってありがとうございます。ダイナマイトジョー。いよいよ来週復帰ですね」

峡谷最強の飛翔士《フライヤー》は三十三歳。選手としてまさに油《あぶら》が乗り切っているところだった。

小柄でがっしりした典型的な飛翔士《フライヤー》の体つきだが、顔立ちは意外に若い。二十代でも通りそうだ。

　本来なら週末は競技会場から離れられない身だが、彼は開幕前に負傷して戦線離脱していたのである。

「あなたがいない間に峡谷ではパピヨンルージュが話題を一気に攫《さら》っています。最強飛翔士《フライヤー》のあなたにA3級に昇級したばかりの選手のことを尋ねるのは失礼とは思いますが……」

「そんなことはありません。才能ある選手はいつも下から出てきますからね。やはり気になりますよ」

「では、今日の競走もご覧になった？」

「ええ、見ました。強いですね」

「率直にお尋ねしますが、彼女は怪物級に挑戦するだけの能力があると思いますか？」

　ダイナマイトジョーはちょっと苦笑して答えた。

「難しい質問ですが、率直な感想を述べるとしたら、ぼくは彼女が恐いですね」

「なんと！　最強飛翔士《フライヤー》にそこまで言わしめるとは少し気が早い話ですが、我々はあなたとパピヨンの対決を期待してもいいんでしょうか？」

　すかさず眼を輝かせて身を乗り出した司会者に、ダイナマイトジョーは笑って首を振った。

「強敵という意味とは少し違うんですよ。競走《レース》なら誰が相手でも負けない自信はありますからね。ただ、彼女は同じ峡谷を飛んでいるように見えないんです。一人だけ明らかに別の空を飛んでいますから」

「と言いますと？」

「うーん。上手く言えないんですが、彼女の飛翔《フライト》を見るとそんな気がするんですよ。ぼくたちは全員で競走《レース》を戦っていますが、彼女は違う。他の選手より速いだけなんです」

「えっ？　ですけど、それが競走《レース》ですよね？」

司会者は面食らった顔になったのも当然だった。他の選手より速く飛んで何が悪いのかと視聴者も思うだろう。

　発言したジョー本人も困った顔になった。

空では最強でも、飛んだことのない相手に自分の感じているものを正しく伝えるのは難しいらしい。

「そうですね。他の飛翔士《フライヤー》より速いのは間違いないわけですし、悪いことではない。――でも、ぼくの飛び方と彼女の飛び方が違うのは確かですよ」

偶然にも宿舎でこの番組を見ていたジャスミンは、ダイナマイトジョーの発言に感心して頷《うなず》いていた。

さすがだと思った。どの分野でも一流と言われる人物はやはり一味違うものだ。

翌日、ジャスミンは第三競走《レース》のみの出走だった。

峡谷競走《キャニオンレース》は週末二日間の開催である。

その二日の間は階級が移動することはないので、引き続きA級フリー枠を飛んだが、この日の競走は

ちょっと雰囲気が違っていた。

前日の爆弾発言が業界関係者の間に大きな波紋を広げていたのが一つ。

もう一つが叩きつけるような激しい風だった。

天気図を見るガストーネの顔もいつになく厳しい。

「いよいよ来やがったぜ。峡谷の風がな。こいつが曲者よ」

眼を開けていられないほどの強風である。空中を飛ぶ飛翔機《フライヤー》はその影響をもろに受けてしまう。

ジャスミンは別の意味で驚いていた。

「危険という理由で出走中止にはならないのか?」

「ああ、嵐でも来りゃあ中止になるかもしれねえが、飛翔士《フライヤー》はこの程度の風で機体から降りたりしねえよ。その中でもフィンレイ渓谷《けいこく》の飛翔士はな、この風の洗礼を受けてようやく一人前さ」

ガストーネの口調はこんなことは日常茶飯事だと言わんばかりだったが、真顔で忠告してきた。

「いいか、くれぐれも無理はするな。勝つことより無事に戻ってくることを考えろ。――おめえ、風が強いところで飛んだ経験はあまりないんだろう?」

ガストーネの懸念ももっともだった。

障害物のない上空ならともかく、この強風の中で谷間の狭い競技路を集団で飛び、あまつさえ着順を

競おうというのだから正気の沙汰ではない。

一つ間違ったらそれこそ大惨事だ。

勝ち負けは二の次だというガストーネの気持ちもいやというほどわかるが、ジャスミンは薄く笑った。

「確かにこれほど強い風の中を飛んだことはないが、太陽風ならよく知っている。風とは違うが、機体を揺るがす衝撃波もな」

多少の逆境で逃げ出すわけにはいかなかったのは自分も同じだ。

第三競走の出走者はジャスミンを含めて十二人。

激しい風の中、競走《レース》は始まった。

こんな風の強い日の競走は荒れる。

観客にとっては見応えのあるおもしろい試合だが、実際に飛ぶほうはたまったものではない。

出走開始の突入から風に煽《あお》られるので、いつものように思い切って飛び込めない。

その中でも一番遅れたのがジャスミンだった。

圧倒的な操縦能力を誇りながら出走だけは苦手にしているジャスミンだが、これは仕方がない。

先頭を決めてそのままぶっちぎりで行ったほうが確かに楽なのだが、峡谷式の出走には不慣れなのでどうしても出遅れてしまうのである。
0.1秒を争う出走《スタート》に日々磨きを掛けている本職の飛翔士《フライヤー》とはとても競《せ》り合えない。
しかし、最後尾から行く最大の理由は他の機体の動きを観察するためだった。

自然の地形を活かした競技路を飛びながら、その競技路を知らないというのは実はかなりの不利だ。

自分がこうだと思う航路《ライン》と他の操縦者が有利だと判断する航路《ライン》がまったく違うからである。

これでは危なくて迂闊《うかつ》に近づけない。

そこで後ろからじっくりと観察して、それぞれの操縦者の癖《くせ》をある程度呑み込んでから抜きに行く。

本当は行く手を邪魔するもの全機はじき飛ばしてしまえば面倒がなくていいのだが、それをやったら相手の操縦者の命に関わるのだ。

ジャスミンは相手の機体に損害《ダメージ》を与えることなく自機を軽く当てて軌道をそらせることができるが、ここは場所が悪すぎる。

障害物のない広い宇宙空間なら飛ばされたほうもどうにか体勢を立て直せるが、両側に岩肌の聳《そび》える狭い競技路ではそうはいかない。

たちまち岩壁と正面衝突だ。

こんな危険な場所を飛ぶ以上、進路妨害に反則を取られるのも当然だった。

競走はあくまで娯楽で、戦闘ではないのだから。

そう自分に言い聞かせて微笑《びしょう》さえ浮かべながら、ジャスミンは前を行く十一機を射程に捉えた。

A級選手はB級選手に比べると、当たり前だが、格段に操縦が上手い。

その彼らにとってもこの風は強敵らしい。

流されそうになる不安定な機体を何とかなだめて巧みに制御しているのがわかる。

競技路を知っている彼らはほぼ一列になって飛び、こんな風の日に最適な航路《ライン》を果敢に攻めている。

それを見極めて最後尾のジャスミンは一人進路を変えると十一機が誰も飛ばないはずの場所を狙っておもむろに突っ込んだ。

この旋回で十一機を一気に抜き去ることができる。

その時だ。強風に煽られて前を行く一機が大きく体勢を崩した。

まさにジャスミンがこれから飛ぼうとした航路《ライン》を完全に塞《ふさ》がれる格好になったのである。

「ちいっ！」

ジャスミンはもちろんすぐさま反応した。

条件反射で回避行動を取ろうとして——その刹那《せつな》、愕然《がくぜん》とした。

普段と同じように——クインビーを操縦している時のように手足が動きそうになったからだ。

だがそれではこの機体は制御できない。

ジャスミンが躊躇《ためら》ったのはそれこそ時計でも計測できないほどの一瞬に過ぎなかっただろう。

しかし、それで充分だった。

赤い蝶《ちょう》を描いた白い機体は明らかに制動を乱して、大きく体勢を崩したのである。

「あ——っと！　どうした！　パピヨンルージュ！　峡谷の風に煽られたか⁉　機が浮いたぞ！」

左右に躱《かわ》せば岩肌に激突する。

機首を下げれば頭から地面に突っ込む。

ジャスミンはほとんど無理やり機首を上げたが、はっとした。このままではコースアウトする。

同じくらいの勢いで強引に機首を下に戻した。

「危な————い‼」

実況の絶叫はジャスミンには聞こえなかったが、あわや地面に激突しかけてさすがに肝が冷える。

茫然《ぼうぜん》としている暇など一瞬たりともなかった。

その一瞬で衝突《クラッシュ》してしまう。

無我夢中で機を操作した。何とか安定した姿勢に戻した時には全身がびっしょり冷や汗に濡れていた。

谷間の深いところを飛んでいたのが幸いした。

かろうじてコースアウトも激突も免れた。

並外れた操縦技術と機体の性能にも助けられて、B７は依然として飛行を続けている。

ジャスミンは大きな息を吐いて頭を振った。

あらためて、これはいつもの愛機ではないのだと自分に言い聞かせる。

（すまない、ブラックホーク）

自分を乗せて唸《うな》りを上げている機に心から詫びたジャスミンだった。

（わたしが今組んでいるのはおまえなのにな）

今もよく動いてくれた。

あわや衝突という姿勢からよく持ち直した。

大きく後退したが、競走《レース》はまだ終わっていない。

競技路はまだ半分残っている。

それだけあれば充分だった。

体勢を整えた赤い蝶は再び猛追撃を開始した。

「速い！　パピヨンルージュ、あっという間に前の十一機に追いついた！　さあここからどうする⁉」

まさにジャスミンも攻めあぐねていた。

昨日はこんなことはなかったのだが、今日は前を行く機体が風に煽られ、不安定に揺れている。

抜きにくいことこの上ない。迂闊に突っ込んださっきの二の舞になってしまう。

進路妨害は立派な反則だが、これだけ風が強いと操縦者にも完全には機を制御しきれない。意図的に妨害しているのか、機体が流されているだけなのか、審判にも区別がつけにくい。

(それなら他の機が飛ばないところを飛べばいい)

峡谷の競技路はそれぞれ飛べる範囲が違う。

たとえば海抜二千メートル以上の岩壁の間を飛ぶ場合、岩壁の途中から下しか飛べないことになる。

加えて、飛べる上限は同じ海抜二千メートルでも、谷底の深さは競技路によってやはり違う。

谷底の海抜が平均して千八百メートルだとしたら、飛行可能範囲は二百メートルしかないことになるが、幸いこのSSW6は深い。平均して千三百メートル。

飛行可能範囲は――高低差およそ七百メートル。

それだけあれば充分だった。

ジャスミンは今度は意図的に機首を下げた。

「うわ――――っと！　パピヨンルージュ、下から行ったあ――っ⁉」

上空から見た映像だと、赤い蝶は他の機体の下に完全に埋まったように見えた。

競技路の途中を捉えた映像を見ると、他の機体が高いところを飛んでいるのに対し、赤い蝶はまるで地面の上を這《は》うように猛然と驀進《ばくしん》している。

観客から悲鳴混じりの絶叫が上がった。

なぜなら平らな谷底というものはあり得ない。

谷底の海抜が千三百メートルと言っても、それはあくまで平均しての話だ。いきなり隆起した谷底が壁となって眼の前に立ちはだかるかもしれない。

いつ機体の腹を地面に擦《こす》るかわからない。

一つ間違ったら間違いなく命はない。

こんな無謀な真似をする飛翔士《フライヤー》を、峡谷の観客は今まで一人も見たことがなかったのだ。

傍目《はため》には一か八かの博打《ばくち》に見えたかもしれないが、ジャスミンは完全に自分を取り戻していた。

危険飛行に見えるかもしれないが、谷底の状態はすべて頭に入っている。

無駄な上下運動はいっさいしない。

赤い蝶は他の誰より速く地表すれすれを飛翔し、頭上を飛ぶ機を次々に抜き去って、あっという間に先頭の背後に迫った。

驚いたのは先頭を飛んでいた飛翔士《フライヤー》だろう。

とっくに遅れたと思っていたパピヨンルージュがまさか追いついてくるとは、しかもこんな位置から飛んでくるとは予想もしていなかったに違いない。

終着点《ゴール》までは残りわずか。

SSW6の最後は緩やかな曲線《カーブ》になっている。

先頭の機体はここぞとばかりに推進機関の出力にものを言わせて逃げ切りに掛かった。

（逃がさん！）

ジャスミンも負けじとB7の出力を全開にする。

勝負はここで決まった。

先頭の機体はあくまで曲線を曲がるために安全な速度しか出せなかったからである。

赤い蝶は違う。最後の最後で加速に勝る赤い蝶は先頭の機を捕らえると、見事に抜き去って終着点《ゴール》に飛び込んだ。

峡谷が揺れるような大歓声が上がった。

「すごい！　まさに、すごい！　信じられません！未だかつてこんなすごい競走《レース》があったでしょうか！これほどの死闘！　これほどの名勝負は最優秀選手権でも賞金王決定戦でも見た覚えがありません！衝突《クラッシュ》寸前の危機から機体を立て直しただけでなく、あまりにも！　あまりにもあざやかな逆転勝利！パピヨンルージュ！　これで無傷の二十三連勝！」

興奮した実況は延々と続いていた。

一着を取った機は挨拶《あいさつ》のために上空を旋回して、今度は峡谷の上を飛んで離陸地点に戻ってくる。

　B7が格納庫に収まると、試合の中継を見ていたガストーネが真っ先に駆け寄った。

「ひやっとしたぜ。機は無傷だ」

「問題ない。──平気か?」

　素っ気ない口調で言いながら、ジャスミンは実はかなり動揺していた。

　自分が何に乗っているのか一瞬とはいえ失念したことが信じられなかった。その結果があのざまだ。

　問題ないわけがない。慎重に言い直した。

「B7には悪いことをした。無茶な動きだったからどこか痛めたかもしれない」

「わかってらあ。任せろ」

　B7の操縦席を降りたジャスミンを大きな歓声が迎えた。整備員だけではない。先に戻っていた機の操縦者たちも集まってきていた。

　中でも序盤でジャスミンにぶつかりそうになった機の操縦者はみんなの前で頭を下げたのである。

「すまなかった。パピヨン。風に煽られてしまって──あんたが避《よ》けてくれて助かった」

　結果的にジャスミンは一着を取っているのだし、わざわざ詫びることもなさそうなものだが、そこは事故の恐ろしさを知っている飛翔士《フライヤー》である。

　あの時、ジャスミンが避けなかったら二人の機は確実に接触し、両者ともに無事では済まなかった。

　それを知っているからこその謝罪だった。

　ジャスミンも首を振って頭を下げたのである。

「お詫びしなくてはならないのはわたしのほうです。強引に抜きに行こうとした結果、皆さんを巻きこむところでした。──すみませんでした」

「いや、完全にしてやられたよ。──それにしても強いな」

　格納庫の作業員も惜しみない拍手を送っていたが、ジャスミンの顔色はどこか冴えなかった。

　ガストーネがそれに気づいて何か言い掛けた時、熱心に拍手しながらディアスが現れた。

　ベニートの社長が祝福を言いに来るのはわかるが、

他社の機体が勝ったのに、ディアスの社長が選手の勝利を称えに格納庫に来るとは極めて異例である。

劇的な逆転勝利にすっかり興奮しているようで、相変わらず華やかな服装のディアスは満面に笑みを浮かべながらジャスミンを賞賛したのだ。

「すばらしい！　あなたは最高だ！　パピヨン！」

「どうも……」

昔取った杵柄《きねづか》で外面だけは完璧に取り繕《つくろ》っているジャスミンの顔色が、今はやはり暗かった。簡単にディアスに気づかれてしまうくらいにだ。

「どうしました？　どこか具合でも？」

「いいえ……。今の競走が我ながら不甲斐《ふがい》なくて、情けないだけです」

「とんでもない。お見事な勝利でしたよ。報道陣があなたを待ちかねていますが、気分が優れないなら勝利者会見は後にさせましょうか？」

気遣わしげに言いながら、ディアスはさりげなくジャスミンの肩を抱こうとした。

その手首を摑《つか》んで引きはがした人がいる。

ケリーだった。

ディアスにとっては青天《せいてん》の霹靂《へきれき》だったろう。

見たこともない男が自分の代わりに、当たり前のようにジャスミンの肩を抱き寄せて、格納庫の外へ連れ出そうとしたのだから。

「待て！　何だきみは！」

「下がんな、若造」

喧嘩《けんか》を売るような文句をあくまでやんわりと言う。

しかし、振り返った琥珀《こはく》の眼差しは恐ろしく鋭く、ディアスは一瞬動けなくなった。

ジャスミンも驚いた顔でケリーを見ていた。

どうやって入って来たと言おうとして、ケリーの背後に立つダンの姿に気がついた。

その顔は明らかにジャスミンを案じている。

二人とも今の競走を見て、ジャスミンを心配して駆けつけてきてくれたのだろう。

その気遣いを嬉しく思うと同時に、二人にそんな心配をさせてしまったことが悔やまれた。

ケリーは片手でジャスミンを促しながら、ダンに声を掛けたのである。

「船長、後を頼むぜ。すぐに戻る」

格納庫の外には飛翔機《フライヤー》の離発着場があり、峡谷の風景が広がっている。

格納庫から充分離れて、誰も近づいてこないのを確かめてから、ケリーは口を切った。

「あんたらしくもない競走《レース》だったたな」

ジャスミンは無言でじろりとケリーを睨《にら》んだが、長年彼女とつきあってきた海賊はびくともしない。

「飛んでる最中に何を考えてた？」

「何も」

「嘘《うそ》つけ。泣きそうな顔してるくせに」

それは本当だった。懸命に顔には出さないように努力していたつもりだが、もしかしたらもう二度とクインビーは戻ってこないかもしれないと思われて、こんなことをしても何の意味があるのかと絶望的な気分だったのだ。

「……話がそれだけなら戻るぞ」

「待てよ。昨日な、バーンズから連絡があった」

「バーンズから？」

以前はケリーの秘書で、アドミラルで留守番役を務めてくれている人物だ。

「しばらく本社に詰めてくれって頼んでおいたのさ。赤いのに関する問い合わせがあった時は、おまえが直々《じきじき》に応対してくれってな」

ジャスミンは不思議そうな顔になった。

なぜそんなことをという無言の問いに、ケリーは笑って答えた。

「赤いのには機番号は打ってないが刻印は入ってる。見る人間が見ればクーア製だってことはすぐわかる。ざっと三十時間前、本社に直接問い合わせがあった。貴社で製造された、超小型の永久内燃機関と重力波エンジン搭載の小型機と同じものが欲しいってな」

ジャスミンが顔色を変え、すごい勢いでケリーの胸元を摑んだ。

その手を抑えてケリーは話を続けた。

「バーンズは俺が言い含めた通り、そんな小型機が当社で製造された事実はありませんと答えてくれた。向こうは相当粘《ねば》ったらしい。そんなはずはないとか何とかかな。バーンズが、そこまでおっしゃる理由がおありなのでしょうかと訊くと、急に慌てて通信を切っちまったそうだ」

「――発信源は⁉」

「トゥールプ大陸のどこかだと。向こうも逆探知を警戒して用心していたらしくてな。――残念ながらそれ以上正確な地点は割り出せなかったそうだ」

ケリーは自分にすがりついている――というよりほとんど締め上げているジャスミンを苦笑しながら見つめると、なだめるように言ったのである。

「わかるか？　女王。そんなことをわざわざ訊いてくるからには、赤いのは盗んだ奴の手元にあるんだ。大丈夫、まだばらされちゃいねえよ」


瞬きもせずにケリーを見つめていたジャスミンの口から深い安堵《あんど》の息が洩れた。

力を抜いて相手の大きな身体にもたれかかった。

「そうか……」

ケリーもジャスミンの身体を抱きとめて赤い髪を撫でながら励《はげ》ますように声を掛けた。

「そうさ。この大陸のどこかにあるのは間違いない。あんたのやってることも間違っちゃいない。だから、あんまり心配するな」

ジャスミンは小さく頷くと、夫の胸に顔を埋めてしばらくじっとしていた。

端から見ると正しくラヴシーンなのだが、やがてこの型破りな人妻は、夫の腕の中で何とも不気味な笑いを洩らしたのである。

「そうか……無事だったか……」

「……女王。人の胸元でその『ふっふっふっ』って笑いはやめろよ。かなり恐いぜ」

クインビーを取り戻した後の泥棒の運命を思うと、

心の底から気の毒になってくるケリーだった。

ジャスミンは逆に、あらためてケリーの首に腕を回すと、夫の顔を誇らしげに見つめて、心の底から楽しそうに笑ってみせたのである。

「つくづく持つべきものはいい夫だな」

「今頃気づいたのかよ?」

「いいや。とっくに知っていたとも。わたしの男を見る眼は宇宙一確かだってこともな」

力を籠《こ》めて言うと、ジャスミンは打ってかわって潑剌《はつらつ》とした足取りで格納庫に戻って行ったのである。

入れ替わるように整備士がやって来た。

ガストーネはじろじろと無遠慮にケリーを眺《なが》めて、ぶっきらぼうな口調で訊いたものだ。

「おめえが亭主かよ?」

「ああ。会見で見たぜ、ガストーネ。うちの女房が世話になってるな。――ケリー・クーアだ」

これまたすごい名前だと思いながらガストーネは盛大に顔をしかめて文句を言った。

「おめえなあ。自分の女房くらい、もっときちんとしつけておけよな」

「あの女を? 俺がしつけるのか。無茶言うなよ」

眼を丸くして言い返したケリーは笑っている。

なるほどこいつは相当な曲者だと、ガストーネは密かに感心していた。見てくれはディアスと同じく派手で軽薄な印象を与えるが、人並み外れて神経が太いのは間違いない。

ちょっと悪戯気《いたずらげ》を起こして訊いてみた。

「おめえみたいな色男ならよ、どんな女もよりどりみどりだろうに、いったい何を好きこのんであんな女とも思えない女と一緒になったんでえ?」

「いけないか? あれで結構かわいいところのある女なんだぜ」

思わず唸ったガストーネだった。あれを可愛いと言い切るとは、やはりただものではない。

それともこれは惚《ほ》れてしまえば何でもよくなるという『痘痕《あばた》もえくぼ』の状態だろうかと疑いながら、

ガストーネは真面目な話を切り出した。

「まあいい、おめえに会えてちょうどよかったぜ。人様の女房を借りて仕事をしてる以上、一度は筋を通しておかなきゃならんと思ってたところなんでな。あの女は怪物級《モンスタークラス》に挑戦したいって言ってるんだが、怪物級がどんなもんだか知ってるか?」

「ああ。管制頭脳のない大気圏内限定機だってな。俺なら間違ってもさわりたくない代物だ」

「そうよ。どの機体もまさしく空飛ぶ砲弾だ。俺の知る限り女の身体であれに挑戦するのは無謀としか言いようがねえんだ。そりゃあ、あの女はたいした凄腕だが、これぱっかりは冗談抜きに命に関わると思うんでな。——亭主の意見は?」

ケリーは声を立てて笑った。

「あんたはいい奴だな、ガストーネ。俺なら有無を言わさずあの女をその怪物級の操縦席に放り込むぜ。女房がいつも乗ってるのは『空飛ぶ棺桶』だからな。——砲弾なんざ軽い軽い。余裕で乗りこなすさ」

「空飛ぶ棺桶? 何でえ、そりゃあ」

「女房が捜してる相棒のことさ」

ケリーも真剣な顔でガストーネを見た。

「俺からも頼む。もうしばらくあの女に手を貸してやってくれ。あいつは他の女に比べてちょっと——いや、かなり乱暴な部類に入るだろうが……」

「おめえ、それですませる気かよ?」

ぶすっと言ったガストーネに、ケリーは楽しげに笑いかけたのだ。

「それでも、いくら凄腕でも整備士の協力なしには何もできん。あんたがいなきゃ飛べないってことも、あいつはちゃんとわかってる。他の誰よりあんたの仕事に敬意を払ってるはずだぜ」

実のところ、それはもう知っていた。

やることなすこと女とも思えないジャスミンだが、こと機体整備に関する限りは、ガストーネの判断に全幅の信頼を寄せている。

これでもうちょっとかわいげがあれば言うことは

ないんだがと残念に思っていたところだったので、ガストーネも苦笑を返した。

「俺は整備士だからな。自分の仕事をするだけさ」

一方、収まらなかったのがディアスである。

家柄にも社会的身分にも容姿にも恵まれた男は、こんな屈辱《くつじょく》を味わうのは初めてだったに違いない。

だが、それを表に出すのは自尊心が許さなかった。

二人の後を追いかけて格納庫を飛び出すこともだ。

何しろ峡谷競走《キャニオンレース》に関わる人間には絶大に顔の利く船長が完全にその場を仕切っていたからである。

「お騒がせして申し訳ない。彼はわたしの知人だが、見てのとおりパピヨンの知人でもある。久しぶりに話がしたいというのでね。少し待ってもらいたい」

この船長は待ちかまえている報道陣に対しても、パピヨンは少し遅れるからと申し渡して格納庫から巧みに遠ざけている。何ともはや手回しがいい。

ディアスはそんなマクスウェル船長を険《けわ》しい眼で見据えると、やんわりと責める口調で言った。

「どういうつもりです？　船長。あんな無礼な男をパピヨンに近づけるなんて」

しかし、この時もやはり相手が悪かった。

ダン・マクスウェルは長く辺境を飛んでいる。

辺境宙域は安全に整備された中央銀河の航路とは比べものにならない物騒な宇宙である。

《ピグマリオンⅡ》はそこで幾度となく宇宙海賊と渡り合い、数々の修羅場をくぐり抜けてきたのだ。

事務所《オフィス》と社交場しか知らない温室育ちの攻撃など通用するわけがないのである。

「礼儀正しいとは言えないでしょうが、仕方がない。彼はパピヨンと親しい間柄です」

「ですからいったい何者です？」

船長は微笑した。

何とも思わせぶりな笑みだった。

「それはわたしの口からは言えませんな」

外の発着場に眼を転じれば二人の姿が見える。

しかも、あろうことかあるまいことか、しっかり抱き合っているように見える。

眼の前でこんなものを見せつけられたディアスの心中が穏やかであるわけがない。

近くにいればあの「ふっふっふ」という不気味な笑い声と物騒な笑顔にいやでも気がついただろうし、百年の恋もいっぺんに冷め果てたと思われるのだが、なまじ距離があったのがまずかった。

こうして遠くから眺める限り、どう見ても非常に親密な男女の抱擁《ほうよう》にしか見えなかったからである。

ジャスミンが男と離れて格納庫に戻ってくるのをじりじりしながら待っていたディアスは、果敢にも真正面から質問した。

「今の男はまさか——あなたの恋人ですか?」

もちろんジャスミンはにっこり笑って答えた。

「いいえ。夫です」

この場に報道陣がいなかったことだけが救いだと、ダンはあくまで冷静に考えた。

この場にいる関係者の口を介してあっという間に広がるだろうが、ケリーが報道陣に眼をつけられて追い回されるまでには少し時間が掛かるだろう。

ジャスミンはそんなダンにも小声で話し掛けた。

「すまなかったな。心配させたか?」

「あなたらしくもないあんな競走を見せられてはね。穏やかではない。あの人も同じことを考えたようで、ちょうどこの前で会ったんです」

「悪かったな。——もう大丈夫だ」

「本当に?」

「ああ」

ジャスミンは予定より少し遅れた勝利者会見にも晴れやかな笑顔で登場して、あらためて怪物級への挑戦を希望する意志を表明したのである。

同じく会見を受けたガストーネは苦い顔だったが、少なくとも面と向かって反対はしなかった。

その報道陣がようやく引き上げて二人になった後、ガストーネは髯面《ひげづら》を緩めてジャスミンに話し掛けた。

「亭主は確かにいい男じゃねえか」

「だろう?」

口調が露骨《ろこつ》に得意そうである。

夫を褒《ほ》められたことが嬉しいらしい。

こういうところはちょっと可愛いかもしれないと思いながら、ガストーネはわざと言ってみた。

「けどよ、あの亭主、おめえをほったらかしてふらふらしてるんだろう? 仮にも自分《てめえ》の亭主なんだ。もうちょっと教育したらどうでえ?」

ジャスミンは大げさに眼を丸くして見せた。

「あの男を? わたしが教育するのか? ずいぶん無茶を言うもんだ」

ガストーネは今度こそ高らかに笑った。

おかしな似たもの夫婦だと思った。

そして、パピヨンルージュの二十三連勝を受けて、峡谷競走協会《キャニオンレース》もいよいよ思い切った決断をせざるを得なくなったのである。

A2級、A1級選手の中に放り込んだのに余裕で三連勝してしまう、こんな新人は前例がない。

観客の興味も話題もひとえにパピヨンルージュに集中している。

翌日、報道陣を集めた峡谷競走協会《キャニオンレース》は、今週末に特別競走を組むと発表した。

長い峡谷競走《キャニオンレース》の歴史の中でも異例中の異例だが、A3級に昇級したばかりのパピヨンルージュは今週、怪物級《モンスタークラス》で飛ぶことになったのである。

あまりにも急な話だった。

乗り換えるための準備期間が数日しかない。

ガストーネは今まで自分が手がけた飛翔機《フライヤー》だけを選んでいたが、さすがにそうも言っていられない。

少しでもジャスミンに合う機体を見つけるために、新型も含めてすべての機体を試すことにした。

これを聞いて眼の色を変えたのがディアスである。

「ぜひレディーバードに乗ってください。もともとあなたはレディーバードの恩人なのですから」

そう言われるとジャスミンとしても心が動いた。

今まで数人の飛翔士《フライヤー》が試乗したと噂《うわさ》に聞いたが、

あの機体はまだ峡谷にはお目見えしていない。

世間でもいつ出てくるのかと話題になっている。

ガストーネは代が替わった後のディアスの機体を意図的に避けているが、今回は珍しくジャスミンが控えめに希望を述べたのだ。

「あの機体とは因縁《いんねん》があるからな。一度乗るだけは乗ってみたいんだが、だめか？」

ガストーネはずいぶん長いこと考え込んでいたが、最後には頷いた。

「そうさな。おめえがそう言うならいっぺん試して見るのもいいだろう。ただし、気に入らなかったら遠慮なくそう言えよ」

「もちろんだ」

実はガストーネには他の心配があった。

他でもない。女のジャスミンが本当に怪物級《モンスタークラス》の機体を乗りこなせるのだろうかという問題だ。

深紅の機体《レディーバード》は大きな輸送機に収められて届けられ、おまけとして着いてきた社員たちは新型機の性能を口々に褒め称えたが、ジャスミンは聞いていない。

差し出された操作説明書に眼を通すと、さっさと操縦席に乗り込んだのである。

「待ってください、パピヨン！　説明がまだ……」

ディアスの社員は慌てたが、これも無視した。

こんなものは実際に動かしてみるのが一番早い。

ディアスの社員やガストーネがはらはらしながら見守る中、ジャスミンは機を始動させてゆっくりと離発着場に出て行った。そこで一気に出力を上げて、見事な動きで空に舞い上がったのである。

しかも、軽く一回りして戻ってくるかと思いきや、レディーバードの推進機関は猛然と唸りを上げて、重量級の競技路に突入したのだ。

ディアスの社員が思わず悲鳴を呑み込んだ。

ガストーネも仰天した。

彼らは、怪物級に初めて乗った飛翔士《フライヤー》がどれだけ面食らうかよく知っている。

飛翔士《フライヤー》は普通の操縦者に比べて遥《はる》かに手動操作に

慣れているが、その彼らでも管制頭脳という補助を失った時は初心者のように戸惑い、動揺するのだ。

慌てて格納庫の表示装置に飛びついて確認したが、レディーバードは猛然と競技路を攻めている。

その操縦には躊躇《ちゅうちょ》も戸惑いもない。

恐怖感などまったく感じていないらしい。

怪物級は扱いにくいだけではない。身体に掛かる負担も相当なものなのに、レディーバードは力強く大胆に、何より積極的に競技路を攻略している。

どう見ても初心者のやることではなかった。

何度も怪物級に乗っている飛翔士《フライヤー》のやることだ。

「……とんでもねえな」

ガストーネが思わず呟けば、ディアス社の社員も呆気《あっけ》にとられて感想を洩らした。

「……この人、本当に怪物級仕様に乗るのは初めてなんですか？」

ガストーネも同感だった。

その操縦を見ているうちに、ガストーネの脳裏に恐ろしい想像が湧き上がってきた。

もしかして軽くてすばしこい軽量級や、安定感のある万能型の中量級のほうが、この女の本来の得意分野から外れていたのではないか。

この女の性《しょう》に合っているのは――もっとも得意としているのは力任せの怪物級なのではないか。

かまわないから操縦席に放り込んでやれと言ったあの亭主の笑顔を思い出すと、あながち間違ってはいない気がして、それがさらに恐ろしかった。

ディアスの社員は躍り上がって喜んでいる。

「いいですね！　すばらしい！　完全にこの機体を乗りこなしていますよ！」

「待ちな。そいつは気が早すぎるだろうよ。見ろよ、記録はそうよくはねえ」

レディーバードは競技路を離れて戻ってくるが、今の試技《トライアル》はこの競技路の最高記録に遠く及ばない。

「それは初乗りですから当然でしょう？」

普通に考えればその通りだが、ここまで来ると、ジャスミンの操縦能力に対する評価を根底から考え直さなければならない。

この階級がもっとも得意で管制頭脳のない機体を苦にしないというなら、この記録は逆に遅すぎる。

ガストーネがディアスの新型機を避けていたのは二代目が気に入らないという個人的な感情の他にも、れっきとした理由があった。

会社から受ける圧力を警戒したのである。

ディアス社は飛翔機《フライヤー》製造企業の中でも歴史があり、その影響力は侮れない。ガストーネが言ったように、彼らは王様に宮殿を提供しているのだ。その宮殿を取り上げられたら王様は王様でいられなくなる。

先代の時にはこんなことはなかったが、二代目になってからは飛翔士《フライヤー》に対して何かと差し出がましい振る舞いが目立つようになっていると聞く。

既に飛翔士《フライヤー》の中には関係がこじれることを恐れて、ディアス社に対して言いたいことが山ほどあるのに呑み込んでいる人間も少なからずいるという。

ガストーネはそんな面倒はまっぴらだった。

ディアスの社員は既に採用が決定したかのように大喜びしているが、あの女がレディーバードを気に入らないと言うなら彼らがどんなに食い下がっても断るつもりだった。

しかし、ガストーネが口を出す隙などなかった。

レディーバードの操縦席から降りたジャスミンは苛立《いらだ》たしげに頭を振って、きっぱり断言したからだ。

「だめだ、これは。話にならん」

ディアス社の社員がぽかんとした顔になる。

ジャスミンは容赦しない。さらに憤然《ふんぜん》と言った。

「推進機関の出力だけは合格点をやれるが、機体がまったく対応できていない。何より反応が鈍すぎる。率直に言えば欠陥品だぞ、こんなもの」

吐き捨てるように言って、ジャスミンは珍しくもディアスの社員に厳しい表情で迫ったのだ。

「これは性能うんぬん以前の問題だ。こんなものは他人《ひと》に乗るようにと勧めていいものではないはずだ。

貴社には試験飛行担当の操縦者はいないのか？」

　ここまで徹底的に新型機を弾劾《だんがい》されるとは夢にも思わなかったのだろう。

　社員は青くなってしどろもどろに弁解した。

「あの、もちろん、試験飛行は何度も行って……」

「その操縦者は本当に合格点を出したのか？　いや、そもそも本当にこの機体で峡谷を飛んだのか？」

　百九十一センチのジャスミンが本気で怒るとその迫力はすさまじい。哀れに震えるディアスの社員に、ガストーネは助け船を出してやった。

「待てよ。あんまりそいつを責めてやるな」

「この結果を知っていたような口ぶりだな？」

「まあな、大方《おおかた》こんなこったろうとは思ってたぜ」

　苦い息を吐いて、ガストーネは外見だけは美しい深紅の機体を眺めた。

「こいつはな、二代目がトーニの跡を継いで初めて本格的に手がけた機体なんだ。親父と同じく設計は素人《しろうと》だが、何しろあの派手好きだ。いったいどんな機体を仕上げたかと心配してたんだが、案の定だ」

「意外だな。先代も設計は素人だったのか？」

「そのかわり、奴は動かすほうは本職よ。試乗した操縦者ととことんまで話し合えたし、実際に乗った人間の意見を何より大事にする奴だった。ところが二代目はそっちのほうもずぶの素人と来てるからな。何がよくて何が悪いかなんてわかりゃしねえのさ」

「わたしも飛翔機《フライヤー》は専門外だが、わたしから見てもひどいもんだぞ、これは」

　ジャスミンの口調はとことん苦々しい。

「上空を飛ぶならともかく、こんなもので競技路を攻めるのは自殺行為としか言いようがない」

「決まりだな。こいつは使えねえ」

「ああ、時間が惜しいからな。端から試すぞ。他にどんな機体がある？」

「おう、今のおめえの飛ばしっぷりを見てこっちも吹っ切れたぜ。これならどんな化け物をぶつけても平気だってな」

気の毒に、完全に忘れられたディアス社の社員はすごすご引き上げるしかなかったのである。

ところが、これでは終わらなかった。

ディアス社の社員が引き上げた後、ジャスミンとガストーネが他社の怪物級の機体を試していると、突如として報道陣が押しかけてきたのである。

ガストーネは怒って吠えた。

「おいおい！　邪魔だぞ！　何しに来やがった！」

今は機体の選定という大事な仕事中だ。

正式に決定すればもちろんマスコミに発表するが、現時点では話せることは何もない。

ところが、集まった報道陣は二人を取り囲むと、異口同音に意見を求めてきたのである。

「ディアス社の新型機の手応えはいかがですか⁉」

「パピヨンルージュがディアス社の新型機に乗れば鬼に金棒ですね！」

「初めてディアス社の機体で挑戦する今度の競走に一言抱負をお願いします！」

「……何だとお？」

「……何ですって？」

二人とも耳を疑った。

何を言っているのかと問い返したが、記者たちはむしろ不思議そうに答えたのである。

「何って、パピヨンルージュがディアス社の新型機L3レディーバードで出走することが決定したと、先程ディアス社長本人から発表がありましたよ」

ガストーネもジャスミンも絶句した。

慌てて報道番組を確認すると、確かにディアスがあちこちの番組に登場して得意満面に話している。

「新型機の性能には絶対の自信を持っていましたが、やはり彼女に選んでもらえたことは嬉しいですよ。パピヨンにはぜひとも勝ってほしいですね」

そのディアスの背後には「パピヨンの搭乗機」という注釈《ちゅうしゃく》つきでレディーバードの赤い機体がでかでかと映っているのである。

ジャスミンは呆気にとられた。

ガストーネは怒髪天《どはつてん》を衝《つ》く形相になった。

その形相のまま、彼はものすごい剣幕でディアス本社の社長室へ乗り込んだのである。

「これはいったいどういうことでえ⁉」

「どうもこうも今話題のパピヨンルージュがうちのレディーバードに乗ってくれれば最高の宣伝になる。——期待していますよ、パピヨン」

あくまでさわやかに、にっこりと笑ってみせる。

この場にはもちろんジャスミンも同席していた。怒鳴《どな》っているガストーネとは対照的に、恐ろしく冷ややかな口調で言ったものだ。

「これがあなたのやり方か、社長？」

「トニーですよ。——あなたが何を怒っているのか皆目見当がつかないが、どうか落ちついてください。わたしはあなたのために最適の選択をしただけです。レディーバードは現時点の怪物《モンスタークラス》級の機体の中で、もっとも優れているんです。あれを選ばないなんて自ら勝利を手放すようなものですよ」

ガストーネが拳《こぶし》で机を叩いて大声を張り上げた。

「ふざけるんじゃねえ！　あいつは使えねえんだ！　ろくでもないものをつくりやがって！」

この激しい抗議にも、ディアスの二代目は眉《まゆ》一つ動かさなかった。むしろ顔をしかめた。

「整備士ごときに何がわかるというんだ？　あれは我が社の最高傑作だ。機体《ボディ》も推進機関も外装も現在最高の技術を結集して作製したんだぞ。あの性能で勝てないはずがないだろう」

「こ、このやろう……」

怒りのあまり舌がもつれたガストーネに代わって、ジャスミンはあくまで冷静に言った。

「わかった。そういうことならもう結構だ」

ディアスは再び女性たちに絶大な威力を発揮する笑顔を浮かべた。

「乗ってくれますね？」

「レディーバードを格納庫に戻せ。調整する」

ジャスミンはそれだけ言って社長室を後にした。

当然、ガストーネは血相を変えて、ジャスミンの後を追ったのである。

「おい！　待て！」

ジャスミンは通路を足早に歩きながら言った。

「旋回性能は最悪でろくに曲がらない。操作感度は麻痺《まひ》したように鈍感で動かない。徹底的に峡谷には不向きの欠陥品だが、何とかなるか？」

「そいつあ一度ばらしてみないと何とも言えねえが、おめえ、本気であいつで行く気かよ⁉」

「ここまで大々的に世間に発表されてしまってはな、今さら取り消したらこちらが悪者だ。それに……」

ジャスミンは足を止めて、金色に光り始めた眼でガストーネを見下ろしたのだ。

「あの馬鹿な二代目は『整備士ごときに』と言った。――言わせておく気か？」

鬚面の整備士は驚いてジャスミンの顔を見上げた。

その顔が明らかに怒っている。

ガストーネを見下した二代目の発言を侮辱と感じ、本気で腹を立てている。

一瞬ぽかんとなったガストーネは次に大きな息を吐いて、鬚の顔に苦笑を浮かべた。

女としては最悪だが、仕事仲間としてはこれ以上気持ちのいい奴もいないかもしれねえと思いながら、ゆっくりと首を振った。

「トーニの奴なら口が裂けても言わなかった台詞《せりふ》だ。――黙って引き下がる気はねえな」

「わたしもだ」

二人は顔を見合わせて物騒な笑いを浮かべたが、ガストーネは心配と不満の混ざった口調で訴えた。

「けどよ、おめえがあれを乗りこなしちまったら、結局は二代目を喜ばせてやることになるんだぞ」

「それはどうかな？」

ジャスミンはにやりと笑った。

獰猛《どうもう》な笑いだった。

9

週末の峡谷は異様な盛り上がりを見せていた。

もともと競走時期《レースシーズン》になると熱狂と興奮に包まれる峡谷だが、それにしても大変な熱気だった。

競走《レース》にも階級《クラス》というものがある。一般戦、記念賞、大賞と別れており、その大賞の中にも等級がある。階級が上がるにつれて規模の大きな競走になり、注目度も格段に違ってくる。

今日のNE8競技路は一般戦しか行われないのに、まるで特別大賞競走《スペシャルグレードレース》のような賑《にぎ》わいだった。

実況もそれを指摘している。

「すごいですねえ。一般戦にこれだけのお客さんが駆けつけるのは本当に珍しいことですよ」

「話題のパピヨンルージュに加え、今日はいよいよダイナマイトジョーが戦線に復帰します。しかも、この二人が怪物級《モンスタークラス》で直接対決するわけですから、これはもう絶対に見逃せない一戦ですよ！」

今日この競技路の最終戦でダイナマイトジョーも怪物級に乗る。

本当なら、復帰第一戦は彼の得意の中量級の予定だったのだが、協会側が急に変更を発表したのだ。いわゆる話題づくりの一環である。

その甲斐《かい》あって投票券も半端ではない数が売れているのだが、残念ながらこれは選手の収入には直接結びつかない。

あくまで一般戦の一位賞金しか出ないからだ。

それでも、これだけの観客の前で飛ぶのはやはり張り合いがあるようで、今日のNE8競技路は第一競走から好勝負が続いていた。

その頃、ジャスミンは宿舎でくつろいでいた。

前日から会場入りしていても最終戦の出走なので、午前中は何もすることがないのである。

宿舎には他にも出番待ちの選手が待機していた。

今日は重量級と怪物級の競走だけなので、女性はもちろんジャスミン一人である。

文字通り『紅一点』なのだが、間近にするとその大きな身体は圧倒的で、小柄な体格が多い飛翔士《フライヤー》はとても声を掛けられないらしい。

ほとんどの選手は遠巻きにしているだけだったが、一人だけ近づいて声を掛けた選手がいる。

「やあ、パピヨン」

ジャスミンは相手を見て微笑《びしょう》した。

「初めまして。ダイナマイトジョー。挨拶《あいさつ》が遅れて失礼しました」

「ジョーでいいよ。本名はジョー・ハドソンだ」

「よろしく、ジョー。ジャスミン・クーアです」

「……本名？」

大方の人と同じくジョーも眼を丸くした。

「ええ」

「ちょっといいかな。話がある」

ジョーの身長は百六十五センチもないだろう。

ジャスミンと並ぶと頭一つも小さいが、さすがに気後《きおく》れする様子もない。誰も使っていない娯楽室にジャスミンを誘って二人になったまではいいのだが、ジョーはなぜか複雑な顔で黙っている。

ジャスミンのほうからやんわりと問いかけた。

「お話とは？」

「ああ、いや、その前に……」

ジョーはジャスミンを見上げて微笑した。

「わずか数日の準備期間で怪物級に挑戦するなんて、本当にすごいと言いたかったんだ。大抵の飛翔士《フライヤー》はぼくもそうだけど、かなり長い間の機種転換訓練を必要とするからね。一緒に飛べるのは楽しみな反面、ちょっと恐いのも確かだよ」

これは最強飛翔士《フライヤー》の余裕の発言だろう。

ジャスミンも笑って応じた。

「あなたにそう言ってもらえるのは嬉しいな」

すると、ジョーは真顔になって言ったのである。

「それなのに、どうしてL3に決めたんだ?」

「………」

「ぼくも中量級ではディアス社の機体に乗っている。B9バウンサー。先代社長が手がけた最後の名機と評判の高い機だ。ガストーネさんに訊《き》いてもらえばわかるけど、これはとてもいい飛翔機《フライヤー》だよ」

「あなたがそう言うなら間違いないでしょうね」

「今の社長はぼくのところにもL3を持ってきた。ぼくは試乗して丁重にお断りした。理由はきみならわかるはずだ」

頷《うなず》いたジャスミンだった。

実際、乗ってみればすぐにわかることだ。

勝負以前に、自分の命を託すのにあんな欠陥品を選ぶ飛翔士《フライヤー》はいない。

ジョーは本気でジャスミンを心配していた。

その顔には一抹《いちまつ》の非難と苦悩さえ混ざっていた。

「出走前にする話じゃないのはわかってる。きみと同時出走でなかったらもっと早く話していたんだが、今こんなことを言うのはきみを動揺させる作戦かと疑われても仕方がない。それも自覚している。だが、ぼくは飛翔士《フライヤー》だ。勝つこと以上に飛び立った全員が無事に戻ってくることが何より大事なんだ。事故が起こるかもしれないとわかっていながら黙っているわけにはいかない」

ジャスミンは薄く笑った。

「わたしに競走《レース》を降りろと?」

「そうは言ってない」

すかさず否定したジョーだった。

強い眼差しでジャスミンを見上げて言った。

「ぼくはきみとはもっとまともな条件で正々堂々と戦いたい。厳しい質問だろうけど、はっきり訊くよ。あれを乗りこなす自信はあるのか?」

自分より二十五センチも低いジョーを見下ろして、ジャスミンは男というものの真価に身体の大きさは関係ないなとしみじみ思っていた。

まったくあの二代目などとは比べものにならない、

いい男だ。

「ありがとう、ジョー。あなたの気遣いには素直に感謝したい。わたしも他の誰かがあの機体に乗ってきたら恐らく同じ心配をしただろうから」

ジョーは眉《まゆ》をひそめた。

それがわかっていてどうしてと言おうとした彼をジャスミンはやんわりと制したのである。

「さっきのあなたの質問にあえて答えるとするなら、この競技路の平均記録は三分だ。——三分だけならわたしはあれを押さえ込んでみせる。決して事故は起きないし、起こさない。約束する」

ジョーは大きく眼を見開いた。

ジャスミンの表情に余裕を感じたのか、明らかに安堵《あんど》の表情になったが、同時に今までの不安そうな顔が嘘《うそ》のように不敵に笑って見せたのである。

それは明らかに勝負師の顔だった。

「困ったな。実を言うと、ぼくは何が何でもきみを止めるようにと協会に頼まれてるんだ」

「パピヨンルージュが勝ちすぎるからかな？」

「観客はきみがどこまで上り詰めるのかと思ってる。そろそろ負けてくれないと収拾がつかなくなると、心配しているんだろう」

「申し訳ないが、今日はわたしが勝つ。今日だけだ。——たぶんこれがわたしの最後の競走《レース》だから」

ジョーは絶句した。

今まさに乗りに乗っている飛翔士《フライヤー》が突然、引退をほのめかしたのだ。驚くのも当然だが、彼は理由はいっさい尋ねようとはしなかった。笑って頷いた。

「じゃあ、最初で最後の勝負だ。負けないよ」

「わたしもだ」

やがて出走時間が近づいてきた。

ジャスミンが身支度を調えて格納庫に向かうと、そこではガストーネが最後の調整を行っていた。

彼は今日までレディーバードにつききりだった。

その眼の下にはくっきり隈《くま》ができている。

ジャスミンが改善してほしい部分を訴えるたびに、

ガストーネは根気よく調整を続けた。ろくに眠らず、今日までこの機体を徹底的に叩き直していたのだ。

ジャスミンを迎えたガストーネの表情に満足感はなかった。やれるだけのことはやったが、これでもまだ不足だという不安のほうが大きく現れていた。

いつものガストーネならこんなことはない。

自分が手がけた機体を自信を持って送り出すのに、今日の彼は万全とはいえないこんな機体に果たして操縦者を乗せていいのかと苦悩しているようだった。

「……俺にできるのはここまでだ。あとはおめえの仕事だぜ」

「ああ、行ってくる」

「いいか、くれぐれも無理はするな。今日は本当に勝ち負けなんざどうでもいい。これ以上はやばいと思ったらかまわないから勝負を下りろよ！」

その必死の訴えをよそに操縦席に乗り込みながらジャスミンは全然関係のないことを言い出した。

「ダイナマイトジョーはいい男だな」

突然何を言うのかと面食らったが、ガストーネは真面目に答えたのである。

「おうよ。奴こそ峡谷の宝さ。誰もが認める最高の飛翔士《フライヤー》だ」

「だが、今日はわたしが勝つ。——かまわないかな、彼に勝っても？」

悪戯《いたずら》っぽく笑いかけられて、ガストーネは呆気《あっけ》にとられた。次に大声で喚《わめ》いた。

「ばっかやろう！　それができるもんなら、勝てるもんなら勝ってみやがれ！」

ほとんど泣いているような声だった。

観客がひときわ大歓声を張り上げる中、最終戦の離陸が通達される。

怪物級は機体が大きいだけに離陸時の迫力も桁《けた》が違う。ずらりと並んだ空飛ぶ砲弾たちはいっせいに唸《うな》りを上げ、大気を轟《とどろ》かせて空に舞い上がった。

全部で十四機。しかし、出走《スタート》のうまさにかけてはダイナマイトジョーの右に出るものはいない。

今日も長い空白期間《ブランク》を感じさせないタイミングで見事な出走を決めたのである。

他の機体も轟音《ごうおん》とともに後に続く。

先頭に立ったジョーはいつものように他の機体の位置を素早く確認した。それによって今後の展開が違ってくるからだ。深紅の機体がちゃんと最後尾についているのを見て半ば驚き、半ば安堵する。

レディーバードに試乗した時、よくこんなものを実戦に出す気になったと呆《あき》れた。そもそも競技路を飛べるような機体ではないのだ。

ディアスの先代は自身も昔は飛翔士《フライヤー》だっただけに、本当に飛翔士の気持ちがわかる人だった。

あの人のつくる機体には多少の出来不出来の差はあっても、あそこまで致命的な欠陥品を自信満々に飛翔士《フライヤー》に勧めるようなことは決してなかった。

そう、既に出来がいい悪いという問題ではない。

推進機関だけはいいものを積んでいるようだが、L3には峡谷を飛ぶ能力がないのだ。

峡谷の競技路を正確に速く飛ぶには推進機関出力《エンジンパワー》以上に大事なものがある。それなのに、二代目にはそれがどうしてもわからないらしい。

ジョーはもう一度L3の位置を確認した。

あんな不完全な機体でよくこの競技路を飛べると舌を巻いたが、感心してばかりはいられない。

機体の性能はこちらが圧倒的に上なのだ。

ジョーの搭乗機はGR2ジャイアントラプター。巨体にも拘《かか》わらず抜群の旋回性能を誇っており、反応も速い。ジョーにとっては頼もしい相棒だった。

試乗した時の感触では、レディーバードは細かい旋回《ターン》にまったく対応できない機体だった。

この先で必ず遅れるはずだ。

NE8競技路は全長約五十キロ。

谷底の深さは平均して海抜千五百メートルだが、もっとも浅い部分では海抜千九百メートルに達する。

飛行可能範囲は実に百メートルしかない。

こんな難所を、型式によって多少の差があるとはいえ、全長四十メートル、最大幅二十五メートルの大きな機体が着順を競って飛ぶのである。

事故を警戒するのも当然だった。

しかし、この地形ではパピヨンルージュの得意な下からの追い抜きも不可能である。

先頭を取ったジョーは右に左に見事な旋回を繰り返しながら自分の勝利を信じて疑っていなかった。

だが、それはジャスミンも同じことだ。

ガストーネの奮闘努力の結果、かなり扱いやすくなってはくれたが、何しろもともとの出来が悪い。

機体の反応が遅れることを予測して、早め早めに手を動かさなくてはならない。読み違えたらそれで終わりという非常に心臓に悪い操縦が続いている。

（推進機関が吹いてくれることだけが救いだな）

試乗した時からこれだけは及第点をやれた。この推進機関は少なくとも飛行中にぐずるようなことはいっさいなく、今はその機力だけが頼みの綱だった。

勝負どころは最初から決まっている。

この競技路最大の難所。高低差わずか百メートル。その難所の遥《はる》か手前でジャスミンは不敵に笑った。

危険を感じたら、事故るかもしれないと察したら、飛翔士《フライヤー》なら潔《いさぎよ》く勝負を下りる。

だが、戦闘機《ファイター》乗りは——特にジャスミンのような非常識な戦闘機乗りはその一か八かを敢《あ》えて行く。

「嘘だろう⁉」

思わず叫んだジョーだった。

深紅の機体が出力にものを言わせて一気に加速し、あっという間に他の機を追い抜いたからだ。

直線を飛んでいるわけではないのに、あの機体でまさかこんな芸当ができるとは完全に予想外だった。

気づいた時には自機の背後に猛然と食らいつかれ、一対一の構図になっていたのである。

ジョーもこんな局面は何度も乗り切ってきた男だ。即座に加速して振り切ろうとしたが、その時にはあの難所が目前に迫っていた。

思わず手が止まった。

レディーバードはそれを待ちかまえていたように、ジャイアントラプターの真下を狙って、おもむろに鼻先を突っ込んできたのである。

満場の観客が悲鳴にも似た絶叫を上げる。

それは恐ろしい光景だった。

二機が上下に重なり、くっつくように飛んでいる。ジョーの操縦するGR2の腹とジャスミンの駆るL3の垂直尾翼の先端との差はわずか数メートル。完全に異常接近《ニアミス》だ。

GR2の真下に位置したL3は見ようによっては小判鮫のようだった。ただし、頭の上を行く物体と同じくらいの大きさのある特大の小判鮫だ。

そんなものに足下に陣取られてしまったジョーは背筋がぞっとするのを覚えた。

反射的に離れようとしたが、左右には動けない。

上昇もできない。

これ以上機首を上げたらコースアウトしてしまう。

海抜二千メートル以上は飛べないという規則に、GR2は完全に頭を抑えられた格好になったのだ。

L3がGR2の真下にいたのはほんの数秒だが、その数秒がジョーには果てしなく長かった。

ジョーほどの技術があれば姿勢を維持することは難しくはないが、早くどいてくれと心から願った。

難所を越えると同時にレディーバードは加速して、ゆっくりとジャイアントラプターから離れて行く。

ジョーはほとんど唖然《あぜん》としながら、自分の足下を潜《くぐ》り抜けた深紅の機体を見送ったが、もちろんただ黙って見ていたわけではない。

息を吹き返したGR2は猛然と速度を上げた。

それを駆るのは峡谷一と言われる操縦技術の持ち主だ。ジョーは持てる能力のすべてを発揮して前を行く獲物を懸命に追ったが、一度彼女を前に出してしまうととても追いつけない。

(やっぱり……)

一緒に飛んであらためて実感した。

あの赤い蝶《ちょう》は一人だけ別の空を飛んでいる。

あんな不完全な機体で、これだけの飛翔《フライト》ができること自体が既に信じられなかった。優秀な整備士のガストーネが手を入れたにせよ、元の機がどれだけひどいものだったかジョーは身体で知っている。

相棒のGR2はこれ以上は無理だという限界まで働いてくれている。それなのに追いつけない。

この状況で悔しさを覚えない自分が不思議だった。

飛翔士《フライヤー》は例外なく負けず嫌いだ。ジョーのように峡谷最強と言われる飛翔士《フライヤー》ならなおのこと、新人に、しかもこんなにあざやかなやり方で勝たれることは自尊心が大いに傷ついてもいいはずなのに、なぜかあの赤い蝶の飛翔に感心して見惚《みほ》れている。

「協会のお偉いさんに怒られるだろうな……」

そんなことを呟《つぶや》きながら、ダイナマイトジョーは復帰後第一線を二着という成績で終えたのである。

格納庫は既にお祭り騒ぎだった。

ジャスミンは勝者とも思えない憔悴《しょうすい》しきった顔で操縦席から降りたが、歓喜の声を上げる職員の中にただ一人、むっつりと黙り込んでいる髭《ひげ》の整備士を見つけると、疲れた顔に微笑を浮かべてみせた。

ガストーネも泣き笑いのような表情で応えると、ジャスミンの肩を思いきり抱き寄せたのである。

「やりやがったな、このやろう！」

この荒っぽい祝福にジャスミンも荒っぽく応えた。

ガストーネの頭を力強く抱きしめた。

「おまえのおかげさ。何とか機体が動いてくれた。まったく……こんなに疲れた飛行《フライト》は久しぶりだぞ」

一足先に戻っていたジョーも拍手でジャスミンの勝利を称えてくれた。

「おめでとう。——見事だったよ」

ジャスミンは笑って首を振った。

「こちらこそあなたに礼を言わなくては。あそこで機の姿勢を維持してくれなかったらどうしようかと思ったが、さすがにあなたは誰より操縦がうまい」

「ひどいな。ぼくはきみの勝利に貢献《こうけん》したのか？」

「ええ。GR2の下にまるで線路があるようだった。あなたは決して落ちてこないと信じていたからこそ、あそこまで思い切って行くことができました」

「悔しいのは確かだけど、楽しい競走《レース》だった。次は負けないと言いたいところだけどね……」

ジョーはそこで口をつぐんだ。

今日が最後の競走だと言ったジャスミンの言葉を自分の口から言うのは憚《はばか》られたのだ。

一方、ディアスは得意満面だった。

この勝利で自社の新型機の優秀さが証明されたと思ったに違いない。

一足先に会見を受けて得々と語っていた。

「峡谷を飛んで間もない彼女にもこれだけのことができるのですから。競走をもっと盛り上げるために他の飛翔士《フライヤー》たちも彼女を見習って、果敢に競技路を責める気持ちを持ってほしいものですね」

そこにジャスミンがやってきた。

ディアスはジャスミンの口からレディーバードの素晴らしさを称えてもらうつもりだったのだろうが、ジャスミンは顔をしかめて首を振ったのである。

「もうこりごりです。二度とあれには乗りません」

ディアスの笑顔が凍りつき、報道陣はいっせいにざわめいてジャスミンを取り囲んだのである。

「それはどういうことですか？」

「何か理由が？」

「あれはとんでもない欠陥品です。推進機関だけはなぜか優秀なんですが、それ以外に褒《ほ》めるところが何一つとしてない。峡谷を飛んでこんなに冷や汗を掻いたのは初めてですよ。今日わたしが勝てたのはあくまで運がよかったに過ぎません。わたしも命は惜しいので、もう二度とあの機体には乗りませんし、あれは空を飛ぶべきではないとこの場で断言します。社長がこちらにいらっしゃったのはちょうどいい。速やかにリコールしていただきたい」

最後の台詞《せりふ》をジャスミンはディアスの顔を見て、はっきりと言った。

機体を提供してもらっている飛翔士《フライヤー》が人前でその機体を製造した会社の社長をここまで非難するなど、普通はありえないことである。

さすがにディアスも顔面蒼白になっていた。

勝利者会見は例によって生放送だ。ジャスミンの今の発言は峡谷中に——それどころか国中に届いてしまったに違いない。

その場は何とか報道陣を言い含めて帰したものの、ディアスは血相を変えてジャスミンに詰め寄った。

「ひどいじゃないか、パピヨン。あんまりですよ！　どうしてこんな仕打ちをするんです？」

「あなたはわたしに何をしたのか忘れたのかな？　人を罠にはめてあんな欠陥品に乗せておきながら、よく言えるものだ」

「パピヨン。何を勘違いしているのか知りませんが、レディーバードは欠陥品などではありませんよ！」

「欠陥品だ。実際に乗ったわたしがそう言っている。これ以上確かな証言が他にあるか？」

「いいや！　あれは当社の最高の技術の結晶です。現に研究所の性能比較試算でも、現行機より遥かに優秀だという結論が出ている！」

「研究所の資料《データ》なんか実際の空で何の意味がある？　設計段階でどんなに立派な代物でも、組み上げたらがらくたができあがることは珍しくない」

二人が今いるのは階の角《フロアコーナー》にある休憩所だったが、扉も壁もない。

いつものディアスならこんなところでこんな話はしなかっただろうが、完全に頭に血が上っている。

ジャスミンはそんな相手を落ちつかせるどころか、さらにその激情を煽《あお》るようなことを言った。

「したり顔で報道陣に答えるのもやめたほうがいい。特にわたしと他の飛翔士《フライヤー》を比べるのは意味がないぞ。人にはそれぞれ適した飛び方というものがあるんだ。わたしにはダイナマイトジョーの真似はできないし、ジョーもわたしの飛び方をなぞったりしないだろう。そんな真似などしなくても彼は充分に強い」

「何をおっしゃるやら……。あなたはそのジョーに勝ったのだから、あなたのほうが強いでしょう？」

「違うな。わたしは他の飛翔士《フライヤー》が危険だと判断して切り捨てている空域を飛んでいる。だから結果的に速い。それだけのことだ。——いわば反則だな」

「あなたは今まで一度も反則など取られていない！　レディーバードのこともそうですが、いったいなぜそんなことを言い出すんです？」

心底理解に苦しむといった様子のディアスを見て、ジャスミンは苛立《いらだ》たしげに舌打ちした。

跡継ぎがこれでは死んだ先代もさぞかし墓の下で嘆《なげ》いているに違いないと思いながら、人命に関わることだけにもう一度念を押した。

「レディーバードを即刻リコールしろ。他の人間をあれに乗せたら間違いなく死人が出る」

「ですからあなたが次も乗ってくれれば——」

問題の本質をまったくわかっていないこの言葉に、とうとうジャスミンの堪忍袋《かんにんぶくろ》の緒《お》が切れた。

「どこに耳をつけているんだ！　このぼけなすが！素人《しろうと》は引っ込んでいろと言っているんだ！」

凄《すさ》まじい怒号だった。

硬直したディアスを置きざりにしてジャスミンは憤然《ふんぜん》と踵《きびす》を返した。

角を曲がると、そこには意外なほど大勢の人間が聞き耳を立てていた。ほとんどの人間はディアスと出くわすのを恐れて離れて行ったが、ジャスミンに向けた顔には明らかに好意があった。

最後まで残っていたガストーネはにやっと笑って親指を立てて見せた。

ジョーも苦笑しながら小さな声で言ってきた。

「ありがとう」

翌日は競走がなかったので、パピヨンルージュはこの日初めて報道番組に客《ゲスト》として出演した。

怪物級に勝ったら出演する約束だったのである。

ところが、よくしたもので新型機の話はいっさいしないでくれと放送局の人間に頼まれてしまった。

　驚いたことに、ディアス社はマスコミにもよほど強い影響力を持っているらしい。

　もっとも、ジャスミンはその条件を快く承諾した。今日はそれが目的で来たわけではないからだ。

　番組が始まるとジャスミンは終始笑顔を絶やさず、なごやかに司会者との会談に応じたので、司会者もほっとしたらしい。いろいろな話を振ってきた。

　特に新人に対しては定番になっている質問をした。

「ところで、賞金で何をお買いになりますか？」

「そうですね……。実は欲しいものがあるんですが、まだ買えそうにありません」

　パピヨンルージュは初飛翔《デビュー》から今まで一般戦しか飛んでいないので、獲得賞金もたいしたことはない。だが、これだけの成績を挙げれば、来期になれば記念競走にも斡旋《あっせん》される。

　とてつもない賞金を稼ぐはずである。

　司会者は興味津々《しんしん》の顔になって身を乗り出した。

「それはぜひ、その欲しいものをお尋ねしなくては。具体的に聞かせてもらえますか？」

　マリーニ設計事務所の地下格納庫に悲鳴が響いた。三男のルイージはほとんど震える声で、上にいた兄二人を呼びつけたのである。

「カルロ兄ちゃん！　リッピ兄ちゃん！　早く！」

　長男と次男は慌てて地下に駆け降りた。

　いったいどんな恐怖が弟を襲ったのかと思いきや、ルイージは報道番組を見ているところだった。

　画面には赤い髪を豊かに流した女性が映っている。

「レディーバードに乗ったパピヨンだよ！」

　それは言われなくてもわかっている。

　突然峡谷に現れたヒロインは毎日のように報道で取り上げられていたからだ。今のブラケリマにこの女性を知らない人間などいないはずである。

「パピヨンがどうしたって？」

　長男が尋ねると、ルイージはごくりと唾《つば》を呑んで、数分前の放送部分をもう一度再生した。

司会者がパピヨンに質問しているところだった。

「つまり、私用で飛ぶ飛行機ですか？」

「ええ。飛翔機《フライヤー》は公共空域を飛べないでしょう？ それとは別に趣味で飛ぶ機体が欲しいんです」

「でも、パピヨン。それならわざわざ買わなくても、今のあなたになら無償で飛行機を提供しようという企業がいくらでも現れると思いますよ？」

「そう言ってもらえるのは光栄ですが、どうせなら特別仕様の機体を手に入れたくて」

にっこり笑ってパピヨンは言った。

「大気圏内限定型でなく無重力にも対応できる型で、燃料補給するのは面倒ですから永久内燃機関を搭載している機体が理想なんです。多少大型になるのは仕方ありませんが、あまり大きくても動かしにくいでしょうから全長は四十メートル程度、色はやはり赤がいいですね。あとは、そうですね。跳躍能力も備えていてくれると楽しいでしょうね」

司会者が吹き出して手を打った。

「いやはや、パピヨンは冗談がお上手ですねえ！ しかし、あなたが来期の特別大賞を全部勝っても、そんな機体を買うのはさすがに無理だと思いますよ。なぜってそんなものはこのブラケリマ全土はおろか宇宙のどこを捜しても存在しませんからね」

きっぱりと断言して司会者はさらに大笑いしたが、兄弟三人は笑えなかった。

棒を呑み込んだような顔で振り返った。

格納庫の照明に照らされて、深紅の機体の外装がきらりと光っていた。

10

番組を見ていたダンは絶句した。

画面の中で、珍しくも薄く化粧したジャスミンは依然として笑顔で話しているが、それはもうダンの耳には届いていなかった。

この番組を見ているほとんどの人間は今の言葉を冗談だと思ったに違いない。

なぜなら、司会者が言うようにそんなものは本来この世に存在するはずがないからだ。

パピヨンルージュはずいぶん冗談が好きなのだと思うに違いない。そして腹を抱えて笑うだろう。

しかし、ごく限られた人間には——クインビーを盗んだ犯人にだけはこの言葉の意味が通じるのだ。

最初からこれが狙いだったのかと思った。

盗難の被害者が盗まれた品物を取り戻そうとして、直接犯人と交渉するという話はよく聞く。

ただし、それは盗まれた品が高価であり、被害に遭った人物が裕福である場合に限って成立する話だ。

泥棒も自分が盗んだものの価値を充分知っていて、持ち主にとって大事なものだと知っているからこそ話を持ちかけるし、交渉にも応じるのだから。

それ以外の一般人が普通に自分の私物を盗まれて取り戻したいと思ったところで交渉の手段がない。

せいぜい、返して欲しいという希望を新聞広告に出すくらいしかできない。

しかも、効果はあまり期待できない。

犯人が確実に広告を見る保証がないからだ。

ジャスミンはそこまで一瞬で考えたに違いない。

ならば、自分の存在に人が注目し、誰もが自分の言葉に耳を傾ける状況をつくればいい。

幸いこの国には峡谷競走《キャニオンレース》というものがある。

そこで勝ち続ければいやでも目立つ。

現にたった三週間で、パピヨンルージュの名前を知らないブラケリマ人はいなくなったのである。

ジャスミンの行動の理由をやっと納得したものの今度は舌を巻いたダンだった。

理屈はよくわかる。警察を当てにできないという判断も正しかったと思う。しかし、だからといって、たった一機の機体を取り戻すために二億七千万人の国民すべてに自分の存在を焼きつけるとは——！

我が母ながらつくづくとんでもない人である。

ケリーの言葉も思い出した。

(向こうから持ってきてもらえばいいのさ)

ほろ苦い微笑《びしょう》を浮かべたダンだった。

さすがにつきあいの長さは伊達《だて》ではない。

ジャスミンが何も言おうとしなくても、いちいち聞かなくても、ケリーにはわかっていたのだろう。

実際、この状況でクインビーが出てこなかったら、そのほうがおかしい。

近いうちにジャスミンは間違いなく深紅の相棒と再会を果たすだろう。

その犯人に心から同情するダンだった。

タキがやってきて声を掛けた。

「許可が下りたぜ、船長。出航だ」

「ああ、今行く」

ここは《アルマンド》の待合室だった。

今夜、《ピグマリオンII》は次の航海に出発する。

パピヨンルージュのおかげで、ショウ駆動機関《ドライヴ》に思い切った改造を加えて大幅に性能を上げることができたし、設備もあちこち替えることができた。

そこまで大盤《おおばん》振る舞《ぶま》いをしても、ダンの手元には一生遊んで暮らせるほどの金額が残されている。

タキもトランクもほくほく顔だった。

「ちょっとした富豪だな、俺たちは」

「ああ、今回はずいぶん稼がせてもらったからな。次の休暇が楽しみだ」

一方、明暗を分けたのがジャンクだった。

彼は今日の競走で、ダイナマイトジョーの勝利に大金を賭けて擦《す》ってしまったのである。

「ダイナマイトジョーが新人の女に負けるなんて！　ちくしょおおおお！」

と、あらためて金とは別の悔しさを露《あら》わにしたが、ダンは思わせぶりな口調で言った。

「ただの新人の女じゃないぞ」

宇宙で一番非常識で、一番恐ろしい戦闘機乗りだ。

その恐ろしい人が気懸かりだったが、もう自分がここに留まっている必要はない。

ダンは心置きなく自分の船に乗り込んだ。


その頃、ケリーはフィンレイ渓谷《けいこく》の西に位置するトルカートという町にいた。

ミンダリアのような田舎町とは違って、近代的な建物が建ち並ぶ都会である。

既に常連となった酒場で、ケリーもジャスミンが登場した番組を偶然見ていた。

何しろ今の彼女が大衆媒体《メディア》に登場するとなると、周囲の客が放っておかないのである。

そしてあの発言だ。同じ酒場にいた客たちは一瞬きょとんとなって、次の瞬間、爆笑した。

「無茶を言うよなあ、パピヨンも！」

「全長四十メートルで永久内燃機関と跳躍能力って、何だそりゃあ⁉」

「妙に具体的なところが笑えるよな」

ケリーは客たちとはまったく別の意味で微笑した。

ジャスミンは今日ダイナマイトジョーに勝った。

注目度はこれで充分だと判断したのだろう。

その判断は正しいと、ケリーも思った。

後はジャスミンの思惑通り、犯人がクインビーを差し出してくれることを願うだけだ。

「ごちそうさん」

勘定《かんじょう》を払ってケリーは酒場を後にした。

パピヨンルージュが出走するたびに大金を掛けたおかげで懐《ふところ》は大いに潤《うるお》っているのだが、ケリーは敢《あ》えて安宿に泊まっていた。

ここには宇宙港行きの送迎艇《シャトル》発着場がある。

ダイアナから連絡があったらすぐに合流するべく、発着場に一番近いという理由で宿を選んだのだ。

電飾《イルミネイション》が美しい夜の町に足を踏み出してすぐに、ケリーは尾行されていることに気がついた。

一人ではない。数人いる。

それも非常に穏やかならぬ気配だ。

この町でこんなに恨みを買った覚えはないのだが、覚えがなければ当事者に聞くのが手っ取り早い。

表通りを歩いていたケリーはわざと人気の少ない裏通りへ踏み込んだのである。

尾行者はたちまちこの誘いに乗ってきた。

「待ちな、兄ちゃん」

どすの利いた声である。

用心しながら振り返ると、全部で四人いた。

身体も大きく物騒な雰囲気で、見るからに荒事に慣れていると顔に書いてあるが、銃は持っていない。

得物はナイフと高電圧銃《スタン・ガン》、特殊樹脂の拳《ナックル》だ。

殺すつもりはないらしい。

肩をすくめて、ケリーは一応訊《き》いてみた。

「こんなおっかないお兄さんたちに眼をつけられるようなことを、俺は何かやったかな?」

四人は答えない。問答無用で襲いかかってきたが、これこそ笑止千万という他なかった。

ケリーはほとんど立ち位置を変えることもなく、一撃で四人に当て身を入れて倒したのである。

一人を引きずり起こし、相手が落としたナイフをその顔に突きつけて、ケリーはにっこり笑った。

「もう一回訊くぜ。俺は何をやったんだい?」

相手は青くなって震え上がった。

金をもらって痛めつけてやれと頼まれただけで、誰の仕業《しわざ》かは知らないと、しどろもどろに弁解した。

嘘《うそ》ではなさそうだったので、離してやった。

実のところ、心当たりがないわけではなかったが、ずいぶんお粗末な真似をしてくれるものだ。

偶然にもディアス本社はこのトルカートにある。

馬鹿馬鹿しい限りだが、襲われて黙っているのも海賊の流儀に反するので、ちょっとけじめをつけておくつもりで本社のほうへ足を向けたが、その足がすぐに止まった。腕の通信機が鳴ったからだ。

ケリーは即座に呼びかけたのである。

「ダイアン？」

「お待たせ。わたしがいなくて寂《さび》しかった？」

懐かしい相棒の声にケリーは破顔一笑した。

「寂しいなんてもんじゃないぜ。死ぬかと思ったぞ。つくづく相棒のありがたみを思い知らされたよ」

「あら、それはわたしも同じよ。ここまで来るのにどれだけ苦労させられたか！　途中でも変な連中に引っかかって振り切るのが大変だったの」

「今どこだ？」

「《アルマンド》に入港したところ。今のわたしはアウリガ船籍《スタールビー》よ」

「きれいな名前じゃないか。待ってろ。すぐ行く」

ディアスの二代目などもうどうでもいい。

ケリーは車を拾って、交通規制に引っかからないぎりぎりの全速で発着場へ向かったのである。

放送局を出たジャスミンはミンダリアのホテルに戻って、湯上がりの身体を長椅子に伸ばしていた。

やれることはこれですべてやった。

後は向こうがどう出てくるかだ。

一度の放送で効果がないなら何度でも同じことを言うつもりだったが、幸い、天は彼女に味方した。

格納庫のガストーネが連絡してきたのである。

「起きてるか？」

「ああ。――どうした？」

「おめえにつないでほしいって通信が入ってるぜ。赤い小型機のことで話があるんだとよ」

「――名前は？」

「言おうとしねえ」

「わかった。つないでくれ」

ガストーネから回されてきたのは音声通信だった。

姿の見えない相手にジャスミンは短く言った。

「パピヨンルージュだ。——そちらは？」

沈黙の後、おずおずした声が返ってきた。

「……あれはあんたのだったんだな？」

ジャスミンが今日まで待ちに待っていたものこそ、この連絡だった。全身の血が逆流したが、それでも無闇に飛びつくような真似は断じてしない。

不自然なくらい平坦な声で問い返した。

「あれとは何だ。特徴を言ってみろ」

その素っ気ない口調に相手は少し怯《ひる》んだようだが、慎重に並べたのである。

「全長四十メートル。色は赤。無重力対応機なのに感応頭脳非搭載。代わりに電算機搭載。クーア製で超小型の永久内燃機関と形状の違う重力波エンジン搭載。それにあんたは言わなかったけど二十センチ砲と機銃を装備」

合格だ。

大きな安堵《あんど》と、相手を特定した興奮を感じながら、ジャスミンはゆっくりと身体を起こして尋ねた。

「そこにあるのか？」

「もちろんだ。ちゃんと——預かってるよ。どこも傷つけてない」

音声通信でジャスミンの表情が見えなかったのは相手にとって幸いだったと言う他ない。

その時のジャスミンはこの通信相手を必ず自分の手で八つ裂きにしてくれるわと決意を固め、しかもその決意を隠そうともしていなかったからである。

さらに相手に見えないのをいいことに、表情とは裏腹のとっておきの猫なで声で話し掛けた。

「では、取引といこう。その機を返してもらいたい。いくら払えば応じてくれるかな？」

「金なんかいらないよ。これはあんたのなんだからあんたに返す」

「…………」

「こんなもの絶対に飛ぶわけがないと思ってたけど、あんたなら本当に宇宙を飛んでみせそうだもんな」

ジャスミンは黙っていた。

相手にしゃべらせるつもりだったのだ。

その沈黙をどう思ったのか、相手は躊躇《ためら》いがちに言ってきたのである。

「ただ、その……できれば、頼みがあるんだ」

そんなことだろうと思った。

ジャスミンは再び平坦な声で言った。

「どんな条件だ？」

「あんた、レディーバードの推進機関は優秀だって言ってくれただろう？」

「ああ、言った」

すると、相手の声が替わった。

「本当にそう思うかい？」

前の声と似ているが、幾分若い。おまけになぜか嬉しそうだ。

複数犯なのはわかっているが、ずいぶんお粗末なやり方である。交渉を有利にするには窓口は一人に限定するという原則も知らないのかと訝《いぶか》しみながら、ジャスミンは相手の望む答えを言ってやった。

「今日勝てたのも推進機関だけがよく吹いてくれたおかげだと思っている。なぜそんなことを訊く？」

「だって、あれは俺たちがつくったんだ」

交渉が決裂するかもしれないとわかってはいたが、この戯言《たわごと》には到底我慢できず、ジャスミンは思わず声を荒らげたのである。

「ふざけるなよ。自分たちのつくったものの形状もわからずに盗んだと言うつもりか？」

すると、また声が変わった。

「嘘じゃない！　そりゃあレディーバード全部じゃないけど推進機関は――あれだけは本当に俺たちがつくったものなんだ！」

これにはさすがのジャスミンも少々面食らった。

ちょっと考えて、口調を変えた。

「……推進機関だけなのか？」

「ああ、そうだ。どんな機体に乗せられたかまではわからなかったんだ。だから間違えたんだよ！」

「あんた、機体のほうは全然駄目だって言ったけど、機体だって本当は俺たちがつくるはずだったんだ！　推進機関の出力を最大に活かせるように、ちゃんと計算したんだぜ。俺たちが設計した機体に乗せさえすれば最高の飛翔機《フライヤー》になったはずなんだ！」

「それなのに、あの社長が！　『気に入らない』の一言で没《ボツ》だよ！」

「話が違うって俺たちは納品を断った。そうしたら完成済みの推進機関を騙《だま》し取ったんだ！」

「訴えてもディアス社相手じゃ勝ち目はないし！」

「あんたに迷惑を掛けるつもりなんかなかったんだ。俺たちはただ、自分たちのつくったあの推進機関を取り戻したかっただけなんだよ！」

　頭が痛くなってきたジャスミンだった。

　よくもまあここまでぺらぺらと自分たちの事情をしゃべってくれるものだ。

　本職の泥棒にしてはあまりにも間抜けすぎる。

　従ってこの三人の言うことは恐らく事実だろうと、ジャスミンは逆説的に判断した。

「おまえたちがつくったという証拠は？」

「図面があるよ！　うちに！」

「だから、頼むよ。みんなの前で、あれは俺たちがつくったんだって言ってほしいんだ。あんたの言うことならみんな信じるから」

　要するにこの連中は、あの推進機関は自分たちの作品であると世間に知らしめたいらしい。

　騙し取られたというのが事実なら無理もないが、今はこの連中に同情している余裕などない。

「その前に、わたしの機体はどこにある？　細かい話はすべてあの機を取り戻してからだ」

「うちの地下格納庫だよ。今、場所を教える」

　そう言って告げたのはどうやら自宅の住所らしい。

　こっちが警察に連絡したらどうする気だろうと、ジャスミンはつくづく呆《あき》れた。

　それともこれもパピヨンルージュ効果だろうかと少しばかり面映ゆく思いながら断言した。

「待っていろ。すぐに行く」

軍時代の経験を発揮してたちまち身支度を整えてジャスミンはホテルを飛び出した。

向かった先はガストーネの格納庫である。

二十キロの距離をものすごい速度で車を飛ばして駆け抜けると、ジャスミンはそこで羽を休めていたブラックホークに飛び乗ったのだ。

ガストーネが慌てて声を掛ける。

「おい！　何する気でぇ！」

「借りるぞ！」

教えられた座標は峡谷の最西端。上空を飛ぶのが一番速い。競技路以外の公共空域は普通の飛行機で飛ばなければならない規則だが、今はそんなことにかまっていられなかった。

暗闇の中、西を目指して飛び続けたジャスミンは目標近くの地上に異様なものを発見した。

一瞬、誘導灯かと思ったほど眩《まぶ》しい光だったが、その正体は夜の闇を払って燃える炎だった。

火災が起きている。

建物が激しく炎上している。

（まさか……！）

それはまさしく教えられた場所だった。

ジャスミンは発着場の手前から進入を開始して、炎のかなり手前でブラックホークを停止させた。

男が三人、おろおろしながら駆け寄ってくる。

「パピヨン！」

操縦席から飛び降りるなりジャスミンは叫んだ。

「わたしの機は⁉」

しかし、三人とも恐慌状態に陥《おちい》っているようで、この炎から逃げることしか考えられないらしい。

「逃げよう！　ここは危ない！」

「まだ燃料があるんだ！」

「速く！　急いで！」

ジャスミンは壮絶な顔で唸《うな》り、手近にいた一人を片手で締め上げた。

「おまえたちが火をつけたのか⁉」

「ち、違う！」

カルロにとっては災難という他なかった。安全なところに誘導しようとしたのに、いきなり首を締め上げられたのだ。必死にもがいたが、女の片腕にも拘《かか》わらず、万力のような腕はびくともしない。

弟たち二人が兄を助けようとしたが、その二人をジャスミンはまったく寄せ付けなかった。カルロを摑《つか》んだまま、空いた片手で二人を薙《な》ぎ倒したのだ。

さらにはカルロを地面に突き飛ばした。

この暴力に命の危険を感じたのだろう。カルロは激しく喘《あえ》ぎながら懸命に訴えたのである。

「俺たちが自分の家に火をつけるわけないだろう！いきなり攻撃されたんだ！」

「攻撃？」

「何が何だかわからなかった。いきなり爆発した！たぶん、上から爆弾を落とされたんだよ！」

どこの誰が、どんな理由で、民間の設計事務所を爆撃するのかはわからない。

だが、異様な振動とともに、突然、上の格納庫が爆発したのは間違いなかった。

爆発の規模は幸いそれほど大きくはなかったが、それで充分だった。なぜなら上の格納庫には数台の飛翔機《フライヤー》とその燃料が置いてあったからだ。

ひとたまりもない。

上の格納庫はたちまち炎上した。

もしその場にいたら兄弟の命もなかっただろうが、兄弟はその時、揃《そろ》って地下格納庫にいた。そして、地下格納庫には非常口があった。これがなかったら、生きて地上に出ることはかなわなかっただろう。

慌ただしい説明の最後でジャスミンは訊いた。

「その非常口はどこだ？」

「あ、あんた、今から中に入る気か⁉」

「駄目だよ！　もう無理だってば！　残りの燃料にいつ引火するかわからないんだ！」

「今戻ったらあんたまで巻き添えになっちまう！」

兄弟三人は血相を変えて止めたが、ジャスミンは引き下がらなかった。

新たな爆発が起きて地上の格納庫が燃え落ちたら、真下にあるクインビーが無傷で済むはずがない。

今行かなければならなかった。どうしてもだ。

赤い髪を逆立ててジャスミンは吠えた。

「わたしをそこに案内しろ！」

今ここでこの女性に逆らったら命がない。それは家を焼き出された三兄弟にさえわかることだった。

反論のすべてを何とも言えない表情で呑み込むと、彼らは転がるような勢いで走り出した。

自分たちが出てきた非常口にジャスミンを連れて行ったのである。

その非常口はまさに頭上で火災が発生した場合に、地下の人間が非難するためのものだった。

だから出口は上の格納庫からかなり離れた場所につくられている。つまり、格納庫にたどり着くまで相当な距離を走らなくてはならないということだ。

案内しながらカルロは慌ただしくそう説明すると、最後に絶望的な悲鳴を上げたのである。

「一本道で隔壁もない。まっすぐ行けば着けるけど──ほんとに行くのか⁉」

「当たり前だ」

野原にぽつんと立っている非常口の扉を開けると、深い下りの階段が現れた。

さすがにここまではまだ熱気は感じない。

ジャスミンは振り返って言った。

「危ないから離れていろ」

「パピヨン‼」

ジャスミンは非常口に飛び込むと、猛然と階段を駆け下りた。

途中に踊り場が現れ、階段の向きが変わる。

何度もそれを繰り返して眼が回るほど下った後、階段は途切れて通路が現れた。

天井は高いが、両脇は狭い通路だ。

もし炎が向かってきたらどこにも逃げ場がないが、ジャスミンは一瞬たりとも迷わなかった。

この先に待っているものに向かって全力で走った。

地下通路を進むにつれて熱気が強くなってくるが、幸いにも換気装置がまだ生きているらしい。

ほとんど煙を吸い込まずにいるのが救いだった。

桁違《けたちが》いの熱気とともに突然、視界が大きく開けてジャスミンは空中に飛び出していた。

少なくとも一瞬そう思った。

眼の前に大きな空間がある。

見えるものすべてが煙にくすんでいる。

塵《ちり》や瓦礫《がれき》がひっきりなしに降り注《そそ》いでいる。

建物が既に限界を迎えているのは明らかだった。

反射的に止まった足元を見ると、そこには僅《わず》かな足場があった。

ジャスミンが今立っているのは地下格納庫の壁の途中だった。この非常口は地下格納庫の壁の横穴を入るようになっていたのだ。

ここから下に降りる最後の階段がすぐ横にある。

そしてジャスミンの足下には今まさに火に包まれ、崩れ落ちる瓦礫の下敷きになろうとしている深紅の姿があった。

クインビーはジャスミンが迎えに来てくれるのを今までここでじっと待っていたのである。

やっと愛機の姿を見つけて涙が出そうになったが、それどころではない。

最後の階段を駆け下り、もどかしくなって途中で飛び降りて、ジャスミンは猛然と愛機に駆け寄った。

その間にも粉塵《ふんじん》と瓦礫がジャスミンの全身に雨のように降り注ぐ。

かまわず飛びつこうとした時だった。

格納庫が揺れる大きな振動を感じたかと思うと、天井の一部が音を立てて崩れ落ちてきた。

「――――っ⁉」

直撃は免れたが、深紅の機体は今や粉塵と瓦礫に半分埋まり掛けている。

操縦席もだいぶ埃と瓦礫を被っている。

それらを素手でざっと払いのけて、ジャスミンは強引に操縦席に潜り込んだ。

操縦席にもかなりの粉塵を持ち込んでしまったが、今は勘弁してもらうしかない。

頭の上には今にも崩れ落ちそうな建物がある。誘爆も時間の問題である。

やっと戻ってきた愛機が今自分とともにあるが、半ば瓦礫と粉塵に埋まった厳しい状況で、ちゃんと動いてくれるかどうか、それだけが心配だった。

始動操作を済ませ、永久内燃機関が稼働を開始し、深紅の機体に命が通い始めたのを確認してようやく安堵の息を吐いた。

大丈夫、手応えは変わっていない。これは自分がもっとも信頼する分身であり、相棒のままだ。

ジャスミンは機体を発進させたが、上昇はしない。ただ、機体を床からほんのわずかに浮かせると、その状態で機首を上げた。

崩れ落ちそうな狭い格納庫の中で、完全に機首を真上に向ける。その様子はさながら、クインビーが格納庫の中で立ち上がったように見えた。

ここまでの姿勢が整えば、やることは一つだ。

愛機の操縦席でジャスミンは壮絶に笑っていた。


地上の三兄弟は生きた心地がしなかった。

いきなり自宅を燃やされ、パピヨンに怒鳴《どな》られて、殴られて、しかもそのパピヨンは止めるのも聞かず、自宅の地下格納庫に駆け込んで行ってしまった。

後を追って連れ戻すことを考えなかったわけではないが、誘爆の危険は現実にすぐそこに迫っている。

三男のルイージが泣きそうな声で言った。

「パピヨンが死んじゃったらどうしよう……」

リッピが顔をしかめて声を荒らげる。

「縁起でもないこと言うなよ！」

カルロは声もなく炎上する家を見つめ、非常口を振り返った。途中で諦めて戻ってきてくれないかとひたすら願っていたのである。

カルロが何度目かに視線を逸らした時、格納庫のほうですさまじい轟音《ごうおん》が響いた。

いよいよ誘爆したと思ったが、そんな生やさしいものではなかった。炎上を続けていた建物が完全に吹っ飛ばされたのである。

「げえっ！」

弟たちが間抜けな悲鳴を上げた。

それも当然で、地下から異様な光線が発射されて、上空に長い光跡を描いている。

爆発ではない。これは明らかに砲撃の光跡だ。

頭上に立ち塞《ふさ》がる邪魔な障害物を二十センチ砲で根こそぎ薙ぎ払って、クインビーは外に飛び出した。

狭苦しい地下からやっと解放された深紅の機体は、操縦者ともども自由の空気を楽しむかのように実に嬉しげに、誇らしげに大空を旋回したのである。

三兄弟は茫然と立ちつくしてその雄姿を見上げることしかできなかった。

中でも三男のルイージは呆気《あっけ》にとられて呟《つぶや》いた。

「……あれ、ほんとに飛ぶんだ」

11

ディアスがいつものように午後から出社すると、社長室にはジャスミンが待ちかまえていた。

意外な場所で意外な人を見た驚きと同時にほんのわずか——それとはわからないくらいかすかに顔をしかめたディアスだった。

先日ジャスミンに厳しく怒鳴《どな》りつけられたことが尾を引いているらしい。

しかし、そこは如才ない男なので、すぐに普段と同じさわやかな笑顔になって話し掛けた。

「これはこれは、パピヨン。いらしてくれて嬉しく思いますよ」

ジャスミンは口元に妙に冷ややかな、それでいておもしろがっているような不思議な微笑《びしょう》を浮かべてディアスを見た。

「わたしも今まで色々な人間を相手にしてきたが、ここまで露骨《ろこつ》に喧嘩《けんか》を売られたのは久しぶりだ」

「何のことです？」

「マリーニ設計事務所を爆撃しただろう。設計図を処分しようとしたんだろうが、わたしの機を一緒に燃やそうとしたのはまずかったな」

「おやおや、これはまた物騒なお話だ。失礼ですが、あなたは何か勘違いをしているようです」

「通信を盗聴していたことはわかっている。ここは小型飛行機の盛んなところだから、ちょっと捜せば怪しげな仕事を引き受ける操縦者を見つけられるということもな。たかだか設計図一枚を処分するのにそこまでやるとは恐れ入ると言うべきか、馬鹿にもほどがあると言うべきか。その精力をもっとましな方向に向けられないのかとつくづく思うぞ」

「困りましたね、パピヨン。いったい何のお話か、見当もつきませんよ」

「それならいい」

ジャスミンはあっさり言って肩をすくめた。

「前から思っていたが、どうもあなたとはまともな話ができないようだ。どう考えてもこんな二代目に会社を任せておくわけにはいかないから、わたしが買い取ることにする」

耳を疑ったディアスだった。

思わず問い返した。

「今、何と言いました？」

「アントーニ・ディアス・カンパニーを、わたしが買収すると言ったんだ。もともと飛翔機《フライヤー》製造業界の老舗で優秀な飛翔機をつくる実力はあるんだからな。現状では宝の持ち腐《ぐさ》れもいいところだ」

ジャスミンは大真面目だったが、ディアスがこの言葉を真面目に受け取らなかったのは明らかだった。

声を立てて笑い飛ばした。

「いやはや、笑わせてくれますね。あなたは冗談がお上手だ。ですけど、飛翔士《フライヤー》のあなたに会社経営は無理ですよ」

「おまえに任せておくよりは遥《はる》かにましだ。第一、役員会は既に同意してくれたぞ」

初めてディアスの顔色が変わった。

「何だって？」

「三年前からの急な開発路線の変更、特に現社長の個人的な嗜好《しこう》により開発費が倍増したにも拘《かか》わらず、利益はいっこうに上がっていない。社長本人だけはご存じないようだが、この会社は既に火の車なんだ。頼みの綱の銀行にも融資を断られそうになっている有様だからな。そこに救世主、このわたしの登場だ。投資の条件として真っ先に社長の更迭《こうてつ》をお願いしたところ、役員諸君は快く聞き届けてくれたぞ」

不敵に笑ってジャスミンは言った。

「おまえは馘首《クビ》だ。もう出社しなくていい」

ディアスは呆気《あっけ》にとられていたが、それでもまだ自分の優位を信じていたらしい。

あくまでも強気な態度を崩そうとしなかった。

「あんまり馬鹿なことを言うもんじゃないよ。この会社は親父の会社だ。今は俺の会社なんだ」

「違うな。会社はそこで働く社員のものだ。何よりこの会社に限って言うなら、本当に優秀な飛翔機《フライヤー》をつくりたいと思って働いている人のものだ」

「……ふざけるなよ！　飛翔士《フライヤー》ごときにこの会社を買収なんかできるはずがない！」

「整備士ごときの次は飛翔士《フライヤー》ごときか？　わたしの話が信じられないならそれでも結構。自分で役員に確認するんだな」

言われるまでもなかった。

ディアスはさすがに足音も荒く役員会議室に乗り込んだのである。

中での騒ぎはそう長くは続かなかった。

ディアスが一方的に怒鳴り、喚《わめ》き、最後には情に訴えるという手段も駆使したようだが、役員たちは頑として態度を変えなかったらしい。

役員会議室から出てきた時のディアスは明らかに動揺し、狼狽《ろうばい》し、憤激《ふんげき》に顔を真っ赤にしていた。

廊下に立っていたジャスミンを見ると、その顔がさらに歪み、吐き捨てるように言ってきた。

「このままで済むと思うなよ！　社長室からうまく追い出したつもりかもしれないが、俺はディアスの大株主なんだからな！」

こんな捨て台詞《せりふ》が通用すると思っているところが、どこまでも馬鹿な二代目である。

憤然と立ち去る背中を見送ったジャスミンは薄く笑って呟《つぶや》いていた。

「それはこっちの台詞なんだがな……」

このままで済むと思ったら大間違いである。

ディアスは派手好きで、裏街道を生きる怪しげな人種ともつきあいがある。大方そちらから手を回すつもりだろうが、あいにくそういう方面にかけてはジャスミンのほうが何倍も上手である。

既に頭の中にすっかり予定図はできていた。

そう、博打《ばくち》がいい。

峡谷競走《キャニオンレース》とは違う本物の賭博場《とばくば》だ。

二代目が友達と信じている裏社会の人間を雇って、むしゃくしゃしている二代目を賭博に誘わせる。

どうせあの性格だ。後先も考えずに大金を賭けるだろうから、借金漬けにするのはそう難しくない。

借金で完全に身動きができなくなったところへ、持ち株を売れと話を持ちかける。

あくまで売らないと強情を張るようならそれこそ命で払ってもらうまでだ。

「あんまりきれいな手ではないが、仕方がないな」

眼には眼を、歯には歯をだ。

何より売られた喧嘩を買わないなんて、とことんジャスミンの主義に反するのである。

ガストーネは平日のNE8競技路を訪れていた。

ダイナマイトジョーも一緒だった。

しかし、二人が今いるのは格納庫ではない。

人気のない観客席のほうだった。

今日は競走が休みとはいえ、極めて珍しい。

なぜなら飛翔士《フライヤー》も整備士も投票券を買えないので、二人がここにいることは普通ありえないのである。

加えて今日は競争がないにも拘わらず、中継用の大画面が生きている。

どうせならこちらのほうが見応えがあるからと、特別に許可を取ってつないでもらったのだ。

今日これからこの競技路を、初めて飛翔機《フライヤー》以外の飛行物体が飛ぶのである。

クインビーを奪回したジャスミンはガストーネに世話になった感謝を述べると「パピヨンルージュは引退する」と短く告げた。

ガストーネも止めなかった。この女が飛翔士《フライヤー》とは違うものであることはとっくにわかっていたからだ。

ただし、その引退はまだ発表されていない。

というより、発表されたら大騒ぎは必至である。

ジャスミンはけろりと言ったものだ。

「だから、そうなる前にわたしは逃げる」

どこまでも勝手な奴だと思ったが、ジャスミンはジャスミンなりにガストーネに愛着があったらしい。

ガストーネの顔を見つめて、しみじみと言った。

「男と別れるのが寂《さび》しいと思うのは久しぶりだな」

「へっ、俺はせいせいするぜ」

憎まれ口も形だけである。

鬚面《ひげづら》を緩めてガストーネは言った。

「まあ、おめえみたいなのと組んで、一緒にやれて、結構おもしろかったのは確かだわな」

「わたしもだ。——マリーニ兄弟が本来のレディーバードを完成させたらちょっと乗ってみたかったが、それは本職の飛翔士《フライヤー》に任せることにする」

ジャスミンは消失炎上してしまったマリーニ設計事務所の再建に全面的に資金援助を約束していた。

そしてガストーネはジャスミンが慣れない競走を続けてまで、やっと取り戻したという深紅の機体を興味深げに眺めていた。

「こいつがおめえの相棒か?」

「ああ。わたしの分身、唯一のわたしの手足だ」

「じゃあよ。最後に一つだけ、俺の頼みを聞いちゃくれねえか?」

「どんなことでも」

厳かな口調で頷《うなず》いたジャスミンだった。

ジャスミンはガストーネの頼みとあらば、本気でどんなことでもするつもりだったが、ガストーネは笑って言ったのである。

「大層なことじゃねえ。おめえがこいつで競技路を攻めたらどうなるか、ちょっと見てえのさ」

クインビーは飛翔機《フライヤー》でこそないが、宇宙船特有の感応頭脳も便利な機体制御システムも持たない。

それなら完成頭脳を持たない怪物級と条件は似たようなものだとガストーネは主張した。

そこでジャスミンは唯一飛んだ怪物級の競技路に一回だけ挑戦してみることにしたのである。

ちなみにジョーはガストーネが呼んだのだ。

「おもしろいもんが見られるぜ」

そう言われてやってきたジョーも。今日の趣旨を聞いて眼を丸くした。

「永久内燃機関搭載の全長四十メートルの宇宙船？あれは冗談じゃなかったのか？」

「おうよ。俺もおめえも宇宙船は管轄外だが、その宇宙船がどこまで峡谷を飛べるか、冥土のみやげに見ておくのも悪くあるめえ？」

たった二人の観客が待ち受ける中、準備を整えたクインビーは上空から猛然と競技路に突入した。

大きさはレディーバードとほとんど変わらない。

しかし、動きは段違いだ。

どんな怪物級の飛翔機《フライヤー》にも真似のできない加速と絶妙な動きで、難しい旋回を次々に決めていく。

ジョーが思わず感嘆の声を発した。

ガストーネも同様だった。

彼らは峡谷をもっとも速く飛べるのは飛翔機《フライヤー》だと信じて疑っていなかった。

だが、ここに例外がいる。


こうして見比べてみれば、ジャスミンがどれだけレディーバードに苦心していたかがよくわかる。

あの時のジャスミンは言うことをきかない機体をやっとのことでなだめて飛ばしていたのだ。

今は違う。この深紅の機体は本物のジャスミンの手足だった。機体と操縦者とが一体になって初めて可能になる、無機質の機体に命が宿るこの瞬間。

本物の飛翔機《フライヤー》以上に飛翔機らしい、競技路の中をまさに風のように吹き抜けるこの飛翔。

二人がほとんど陶然《とうぜん》と見惚《みほ》れる前で、最高記録を三十秒も短縮したクインビーは一気に上昇すると、そのまま大気圏の彼方へと消えていったのである。

地上のガストーネとダイナマイトジョーは呆気にとられて見る間に小さくなる機体を見送った。

「行っちゃったか……」

「まったく、台風みたいな女だったぜ……」

「季節《シーズン》を通して参戦できないなら、時々、特別参加してくれないかな。あれっきりなんてつまらない。

彼女とはまた一緒に飛んでみたいよ」

　ジョーの口調はあながち冗談とも思えなかった。

「ガストーネさんも競走に戻ってくればいいのに。ディアス社もすっかり体制が変わったみたいだから、また昔のようにいい機体をつくるはずだ」

「そうさな。それもいいか。まあ、あの女みたいな飛翔士《フライヤー》はもう二度と現れねえだろうけどな」

　すると、ジョーがなぜかちょっと顔をしかめて、きっぱりと断言した。

「パピヨンルージュは一人で充分だよ。あんなのが何人もいたら、こっちは商売あがったりだ」

　ガストーネは腹を抱えて笑った。

　笑いながらクインビーが消えていった空を見上げ、あんな女がいるなら、宇宙飛行士もそう馬鹿にしたもんでもないなと考えていた。

　宇宙空間に出たクインビーは、そこで待っていた《パラス・アテナ》と合流した。

　ダイアナがからかうように言ってくる。

「本当に引退してしまうの？　もったいないわよ。ざっと検索してみただけでも、パピヨンルージュはこの星では大変な人気だもの。今のあなたならこの星の大統領にだってなれるわよ」

「無理を言うなよ。趣味で飛ぶのは楽しいと思うが、まさかこれを仕事にはできないだろうが」

　ジャスミンは本気で顔をしかめている。

　ケリーが笑いながら話し掛けた。

「じゃあ、今度はこっちの用事だな。まず俺の船を撃った奴らの正体を突き止めて片づける。それから――これはちびすけに聞いたんだが、この辺りにはあの《門《ゲート》》の他にも二つ《門《ゲート》》があるそうだぜ」

「ほう？　それはぜひ跳んでみなくてはな」

「そういうことさ」

　ようやくお互いの相棒を取り戻した女王と海賊は翼を並べて広大な宇宙へ飛び出していった。

あとがき

読者の皆さまにお願いします。カバーを見て退《ひ》かないでください。

ラフの段階ではもっと恐ろしい絵柄でした。頭にリボンがつくはずだったんです。

もっともそれは作者が特にと希望したのでした。

今回はジャスミンが妙に可愛い名前で呼ばれるので、それなら見た目も少し可愛くしてみようかしらと思い、リボンなんかつけてみてくれませんか？　と、お願いしました。

鈴木理華《すずきりか》さんはこちらの希望通りラフを描いてくれたのですが……、それが可愛いやら恐ろしいやら、いえ、恐ろしいに決まっておりまして、はっきりいってカバーにするにはあまりに強烈すぎるものでして、試行錯誤の末、普通のヘアバンドに落ちついたのです。

さらに、作中にはもっと恐いジャスミンのイラストが登場します。

何でも本文を読んだ理華さんが「ここしかないでしょう！」と断言されたそうで……。

確かにそのとおりです。そのとおりなんですが、理華さん。

何度見てもほんっと〜に恐いですよ、これ！（笑）

そして今回、その鈴木理華さんの『クラッシュ・ブレイズ　コミックバージョン　嘆きのサイレン3』が本作と同時発売されています。

『嘆きのサイレン1』が発売されてから一年半、めでたく完結です！

いやあ、一巻から三巻分の表紙を並べると実に見応えがあるというか、壮観《そうかん》です。

一応の原作者としても、自分の書いたものが漫画というまったく別の形になり、完結を迎えることになったわけですから感無量です。

それだけではありません。

この『嘆きのサイレン3』には本編の他にも中編が収録されています。

どんな話を漫画にするかでいろいろと候補は挙《あ》がったのですが、既刊のシリーズよりもこの世界を生きている普通の人に焦点《しょうてん》を当てた完全オリジナル作品を漫画化するという、何とも大変な企画になってしまいました。実に七十ページもの大作です！

理華さんありがとう。ほんとにありがとう……。

いくらお礼を言っても足りません。

小説イラストともども本当にお世話になっております。

ですけど、できましたらこれに懲《こ》りずに、またつきあってくださいね（笑）

茅田砂胡

ご感想・ご意見をお寄せください。

イラストの投稿も受け付けております。

なお、投稿作品をお送りいただく際には、編集部
(tel:03-3563-3692、e-mail:cnovels@chuko.co.jp)

まで、事前に必ずご連絡ください。

〒104-8320　東京都中央区京橋2-8-7
中央公論新社　C★NOVELS編集部

C★NOVELS Fantasia

大峡谷《だいきょうこく》のパピヨン
――クラッシュ・ブレイズ

2007年3月25日　初版発行

著　者　茅田《かやた》 砂胡《すなこ》
発行者　早川 準一
発行所　中央公論新社
〒104-8320　東京都中央区京橋2-8-7
電話　販売 03-3563-1431　編集 03-3563-3692
URL http://www.chuko.co.jp/

印　刷　三晃印刷（本文）
大熊整美堂（カバー・表紙）
製　本　小泉製本

Published by CHUOKORON-SHINSHA, INC.
Printed in Japan　ISBN978-4-12-500978-0 C0293

定価はカバーに表示してあります。

落丁本・乱丁本はお手数ですが小社販売部宛お送り下さい。

送料小社負担にてお取り替えいたします。

応募規定

❶原稿：必ずワープロ原稿で40字×40行を1枚とし、80枚以上100枚まで（400字詰め原稿用紙換算で300枚から400枚程度）。プリントアウトとテキストデータ（FDまたはCD-ROM）を同封してください。

【注意!!】プリントアウトには、通しナンバーを付け、縦書き、A4普通紙に印字のこと。感熱紙での印字、手書きの原稿はお断りいたします。データは必ずテキスト形式。ラベルに筆名・本名・タイトルを明記すること。

❷原稿以外に用意するもの。

ⓐエントリーシート
(http://www.chuko.co.jp/cnovels/cnts/ よりダウンロードし、必要事項を記入のこと）

ⓑあらすじ（800字以内）

❷のⓐⓑと原稿のプリントアウトを右肩でクリップなどで綴じ、❶❷を同封し、お送りください。

応募資格

性別、年齢、プロ・アマを問いません。

選考及び発表

C★NOVELSファンタジア編集部で選考を行ない、大賞及び優秀作品を決定。2008年3月中旬に、以下の媒体にて発表する予定です。

●中央公論新社のホームページ上→http://www.chuko.co.jp/

●メールマガジン、当社刊行ノベルスの折り込みチラシ及び巻末

注意事項

●複数作品での応募可。ただし、1作品ずつ別送のこと。

●応募作品は返却しません。選考に関する問い合わせには応じられません。

●同じ作品の他の小説賞への二重応募は認めません。

●未発表作品に限ります。但し、営利を目的とせず運営される個人のウェブサイトやメールマガジン、同人誌等での作品掲載は、未発表とみなし、応募を受け付けます（掲載したサイト名、同人誌名等を明記のこと）。

●入選作の出版権、映像化権、電子出版権、および二次使用権など発生する全ての権利は中央公論新社に帰属します。

●ご提供いただいた個人情報は、賞選考に関わる業務以外には使用いたしません。

締切

2007年9月30日（当日消印有効）

あて先

〒104-8320　東京都中央区京橋2-8-7
中央公論新社『第4回C★NOVELS大賞』係

主催・C★NOVELSファンタジア編集部

第１回C★NOVELS大賞

大賞　藤原瑞記

光降る精霊の森

故郷で事件を起こし潜伏する青年エリは、行き倒れ寸前の半精霊の少女と生意気な猫の精霊を拾ったばかりに、鷹の女王を訪ねる旅に巻き込まれ——。

イラスト／深遊

内田響子　特別賞

聖者の異端書

結婚式の最中に消えた夫を取り戻すため、わたしは幼馴染の見習い僧を連れて城を飛び出した——封印された手稿が語る「名も無き姫」の冒険譚！

イラスト／岩崎美奈子

第2回C★NOVELS大賞

多崎礼 大賞

煌夜祭

ここ十八諸島では冬至の夜、漂泊の語り部たちが物語を語り合う「煌夜祭」が開かれる。今年も、死なない体を持ち、人を喰う魔物たちの物語が語られる――。

イラスト／山本ヤマト

特別賞 九条菜月

ヴェアヴォルフ

オルデンベルク探偵事務所録

20世紀初頭ベルリン。探偵ジークは、長い任務から帰還した途端、人狼の少年エルの世話のみならず、新たな依頼を押し付けられる。そこに見え隠れする人狼の影……。

イラスト／伊藤明十

茅田砂胡の本

スカーレット・ウィザード

スカーレット・ウィザード1
海賊王という異名を持つこの俺に、エネルギーと情報の二つを支配するクーア財閥の女王から仕事の依頼が。だが、出されたものは『婚姻届』だった。かなり異色な宇宙恋愛物語。

スカーレット・ウィザード2
ジャスミンに敵対するクーア財閥の７人の重役たちが次々と動き出した。宇宙最強カップルに迫る魔手！

スカーレット・ウィザード3
重役たちによる財閥乗っ取りの陰謀はますます激化し、ケリーの海賊時代のライバルまで登場しての大混戦。

スカーレット・ウィザード4
ケリーを拉致したギリアス海賊団への報復が始まった。一方、クーア・キングダムには最大の危機が迫り……。

スカーレット・ウィザード5
移動要塞《ガーディアン》にジンジャー主演映画の出演依頼が!?　宇宙一物騒な夫婦の反撃が今始まる！

スカーレット・ウィザード外伝
天使が降りた夜
意表をつく本伝のラストで読者の絶叫を招いたシリーズの外伝。
死の直前にジャスミンは何を思ったのか？

イラスト／忍　青龍